非洲民间故事

赵零 著

图书在版编目（CIP）数据

非洲民间故事 / 赵零著. — 南京：江苏凤凰文艺
出版社，2021.4
ISBN 978-7-5594-5107-1

Ⅰ.①非… Ⅱ.①赵… Ⅲ.①民间故事 – 作品集 – 非洲 Ⅳ.①I407.3

中国版本图书馆 CIP 数据核字（2020）第 156878 号

非洲民间故事

赵零 著

责任编辑		白　涵
选题策划		麦书房文化
装帧设计		80蜀·小贾
责任印制		冯宏霞
出版发行		江苏凤凰文艺出版社
		南京市中央路 165 号，邮编：210009
网　　址		http://www.jswenyi.com
印　　刷		北京利丰雅高长城印刷有限公司
开　　本		880 毫米 ×1230 毫米　1/32
印　　张		5
字　　数		90 千字
版　　次		2021 年 4 月第 1 版
印　　次		2021 年 4 月第 1 版印刷
书　　号		ISBN 978-7-5594-5107-1
定　　价		29.80 元

江苏凤凰文艺版图书凡印刷、装订错误，可向出版社调换，联系电话 025-83280257

目 录

博阿基的报恩　　　1
哭泣的夜猴　　　9
国王的魔鼓　　　23
"从不发火"姑娘　　　32
求雨　　　42
老人的智慧　　　51
猪为什么要挖洞　　　61
最优秀的渔夫　　　70
曼丁之狮　　　81
木匠的好运　　　99
不忘过去的人　　　109
丢失了的妹妹　　　115
猩猩、蛇、狮子与猎人　　　132
世界上最长的故事　　　141
一把尘土　　　150

博阿基的报恩

从前,有个猎人去森林里打猎,在灌木丛中捕获了一只羚羊。他把羚羊就地宰杀,准备把羊肉带回去。就在这个时候,一只果子狸从这里经过,看到猎人正在切割羊肉,便对猎人说:"我饿极了,你能给我一些羊肉吗?求求你了!"

猎人没有多想,切下一块羊肉给了果子狸。果子狸很高兴,感激地对猎人说:"我的名字叫博阿基,你今天帮助了我,我以后一定会报答你的!"说完,便叼着肉跑开了。

第二天,猎人又一次来到灌木丛,希望能有点新的收获。这一次,他没有碰到羚羊,倒是碰到了一只鳄鱼。看样子,这只鳄鱼被困在灌木丛里出不来了。

猎人问鳄鱼:"你怎么会在这里呢?你不是应该待在水里

吗?"

"谁说不是呢。"鳄鱼说,"昨晚,我出来捕食,没看清路,结果就被困在这里了。你能帮我回到河里吗?如果你愿意帮我,我会回报给你五大堆鱼,你看怎么样?"

猎人一听,高兴地回答道:"那就一言为定,我现在就带你回到河里。"

猎人取出自己的皮鞭,把鞭子绑在鳄鱼身上,又把困住鳄鱼的灌木砍掉,带着它向河边走去。到了河边之后,鳄鱼对猎人说:"你真是个好心人,现在,请把皮鞭解开吧,我去河里给你抓鱼。"

猎人把皮鞭解开,鳄鱼扑通一声游到水里,猎人则留在岸边,等着鳄鱼捉鱼上来。

不一会儿,鳄鱼浮了上来,果然抓来一大堆鱼。它把鱼放到岸边,让猎人来取,猎人很高兴地把鱼收了起来。鳄鱼转身回到河里,不一会儿,又抓来第二堆鱼。它再次把鱼放到岸边,不过这次放的地方比刚才那一堆更靠近水边。猎人没有多想,继续高兴地把鱼收了起来。紧接着,鳄鱼又抓来第三堆鱼,把鱼放得离水边更近了。到第四堆鱼的时候,鳄鱼直接把鱼放到了浅水滩上,猎人要下到水里才能把鱼拿走。

最后,鳄鱼终于抓完了所承诺的第五堆鱼,不过它并没有把最后一堆鱼拿给猎人,而是气喘吁吁地在深水区对猎人说:

"我累坏了,你过来取吧。"

猎人也觉得鳄鱼忙活半天,肯定累了,他便再一次下到水里,蹚过浅水滩,来到深水区的边缘。就在他拿起鱼准备往回走的时候,鳄鱼突然张开嘴咬住他的小腿,把他拖到了水里。

鳄鱼拖着猎人,把他带到河流中央的一块沙洲上。在那里,有不少它的同伴,正躺在沙滩上晒太阳。鳄鱼大声对同伴说:"快过来呀,我抓到一个猎人,我们一起把他吃了吧!"

看着从四面八方围过来的鳄鱼,猎人挣扎着大喊道:"太过分了!这只鳄鱼被困在灌木丛里,我刚刚救了它,现在它居然要吃掉我,这公平吗?"

鳄鱼们说:"我们也不是不讲道理,既然你问这公不公平,那我们就征求一下别人的意见吧。"

这时候,河上刚好漂过来一个又破又旧的坐垫,猎人看到之后,连忙大声喊道:"坐垫,坐垫,快来帮帮我!"

坐垫问:"怎么了?"

猎人说:"这只鳄鱼被困在灌木丛里,是我救了它,现在它居然要吃掉我,你说这公平吗?"

坐垫说:"你是一个人,我最了解你们人类了。当一个坐垫又新又有用的时候,你们对它爱惜得不得了,用完还会细心地卷起来收好。而一旦坐垫用久了,变得又破又旧的时候,你们就完全不在乎了,开始嫌弃它,把它随意丢掉,比如丢到这条河里。我觉得鳄鱼这么对你没什么问题，因为你们人类就是这么对我的！"坐垫说完，气哼哼地漂走了。

鳄鱼对猎人说："坐垫的话你听到了吧？你还有什么话说？"

这时候，河上又漂来一条旧裙子。猎人看到它，连忙大声喊道："裙子，裙子，快来帮帮我！"

裙子问："怎么了？"

猎人说："这只鳄鱼被困在灌木丛里，是我救了它，现在它居然要吃掉我，你说这公平吗？"

裙子说："你是人类，我最了解你们了。如果一条裙子又新又漂亮，人类的姑娘就会穿着它到处炫耀，她们逢人便说：'快看，我是不是很可爱？'实际上，可爱的是裙子，又不是她们！她们心里肯定深知这一点，所以她们对裙子百般珍惜，精心地洗干净，然后熨烫平整，小心地叠好，放到精致的衣柜里。可是，一旦裙子变旧了，她们就完全变了一副模样，好像我们成了世界上最让人嫌弃的东西。这不，直接把我扔到了河里！所以，我觉得鳄鱼这么对你没什么问题，因为你们人类就是这么对我的！"裙子说完，也气哼哼地漂走了。

鳄鱼对猎人说："裙子的话你听到了吧？这下你还有什么话说？"

这时候，一头年迈的母驴来到河边喝水，它已经很老了，走起路来晃晃悠悠的。猎人看到它，连忙大声喊道："母驴，母驴,快来帮帮我!"

母驴问:"怎么了?"

猎人说:"这只鳄鱼被困在灌木丛里,是我救了它,现在它居然要吃掉我,你说这公平吗?"

母驴说:"你是人类,我最了解你们了。当一只母驴年轻力壮的时候,你们会专门给它盖一间窝棚,还会给它割来最嫩的青草。等到它怀孕的时候,你们更是照顾得无微不至。可是有一天,它慢慢变老了,干不动活了,使不出力了,你们就会把它牵到灌木丛里,对它说:'以后你就在这里自生自灭吧,我们对你已经无能为力了。'所以,我觉得鳄鱼这么对你没什么问题,因为你们人类就是这么对我的!"母驴说完,同样气哼哼地跑开了。

鳄鱼对猎人说:"母驴的话你听到了吧?你还有什么话说?"

这时候,一只果子狸也来到河边喝水。猎人一看,它正是自己昨天帮助过的那只,名字他还记得呢。于是,他连忙大声喊道:"博阿基,博阿基,快来帮帮我!"

博阿基问:"你怎么了?"

猎人说:"这只鳄鱼被困在灌木丛里,是我救了它,现在它居然要吃掉我,你说这公平吗?"

博阿基说:"这个还真不好说,我得弄清楚你们到底是怎

么一回事才行。我不想仅听你的一面之词,我还想听一听鳄鱼的说法,如果鳄鱼愿意告诉我的话。"

鳄鱼说:"当然,我非常乐意把事情的经过都告诉你。"

博阿基问鳄鱼:"猎人是怎么把你带到河边的?"

鳄鱼说:"他用皮鞭绑着我,把我拖到河边的。"

博阿基问:"疼吗?"

鳄鱼说:"当然疼啦,疼死我了。"

猎人连忙说:"怎么可能,我根本没用力。"

博阿基说:"你看,你们已经有了分歧,我不知道该相信谁。这样吧,你们重新给我演示一遍吧,我要亲眼看一看才能做出判断。"

于是,鳄鱼和猎人一起回到岸边。

博阿基对猎人说:"你现在拿出你的皮鞭,像之前一样把鳄鱼绑起来,我看看你是不是弄疼了它。"

猎人拿出皮鞭,来到鳄鱼跟前,把它绑了起来。

博阿基问鳄鱼:"他之前是这样绑你的吗?"

鳄鱼说:"是的,就是这样,你等着看吧,一会儿我身上就开始疼了。"

博阿基说:"也有可能是他在拖拽你的过程中弄疼你的。这样吧,我们从原点开始看吧,让猎人把你拖回灌木丛里,我们去那里看一看。"

于是,猎人拽着皮鞭,把鳄鱼拖回灌木丛,最后来到他和鳄鱼相遇的地方。

博阿基问鳄鱼:"是这里吗?"

鳄鱼说:"对,就是这里,他就是在这儿把我绑起来后拖到河里的。"

博阿基说:"看得出来,你对此并不高兴。"

鳄鱼说:"当然啦,他弄疼了我,所以我要吃掉他。"

博阿基说:"好了,我已经完全明白事情的经过了。我认为,为了避免你们之间再出现矛盾,最好的办法就是让你继续留在这里。"

随后,博阿基和猎人一起离开,把鳄鱼独自留在了灌木丛中。

这个故事告诉我们,要时刻记得,总会有那么一天,别人会用你对待他的方式来对待你。

哭泣的夜猴

一

在非洲的一些地方，曾经有一段时间，人们因为战争而饱受摧残。胜利者会把被打败的人掳走，做他们的奴隶。那时候，不管是男人还是女人，包括小孩子，没有人是安全的，人们生活在动荡和恐惧之中。

有一个叫阿布的男孩，就生活在这个时期的非洲。他和他的妈妈在一个小村子里相依为命，他的爸爸已经到前线打仗去了。阿布的妈妈一直担心会有奴隶贩子前来偷袭，因为她的父母就是在她很小的时候被掳走的，当时她躲进丛林里才侥幸逃脱。因此，她下定决心，不能让这样的命运再降临到自己的孩子身上。

然而，不幸的事情还是发生了。前线传来战败的消息，阿布的爸爸阵亡了。紧接着，敌人的军队奔袭而来，踏平了一个又一个村庄，很多人都被抓去做了奴隶。

阿布被妈妈带着，躲进农田旁的灌木丛里。只有在寻找食物时，妈妈才会离开他。"如果我没回来，不要去找我。"每次离开的时候，妈妈都会这样叮嘱阿布。如此持续了很多天，妈妈每天都要出去，然后带一些吃的回来。

这一天，妈妈又像往常一样离开了，阿布一直等到太阳落山，还没有等到妈妈回来。阿布有一种不祥的预感，在天完全黑下来之后，他悄悄爬出灌木丛，向村庄走去。

一路上都没有遇到什么人，四周安静极了。临近村子的时候，他看到了闪烁的火光，还有一群人唱歌的声音。难道最危险的状况已经过去了吗？阿布这么想着，急忙向村子里走去。等靠近火堆时，他才大吃一惊，原来围着火堆唱歌跳舞的是敌人的士兵，村子里的所有人都被锁链捆着蹲在地上，其中就有他的妈妈。

"妈妈！"情急之下，阿布忘记了妈妈的叮嘱，大声叫了出来。

火堆旁的士兵转过头来，全都看见了他。

"快跑！阿布，跑到丛林里去！"妈妈不顾一切地大喊。

阿布这才反应过来，马上转过身向黑暗中跑去。他跑过农田，穿过灌木丛，滑下深深的水沟，跑进茂密的丛林。他能听到身后追赶他的那些人的声音，有时候很远，有时候又很近。他在丛林里东突西撞，不知道跑了多远，突然看到前面有一点亮光，看样子像是一个小屋，他便朝着亮光冲了过去。

二

那是一间简陋的小屋，不知道什么人住在里面。阿布已经走投无路，他没有想太多，一头冲了进去。进去之后，他才发现这不是一间普通的屋子，墙上挂满了各种古怪的挂件，屋子正中燃烧着一个小火堆，火堆旁坐着一个穿着怪异的袍子的老女人，她长着一张像猴子一样干瘪的脸。

阿布认出了她，她是生活在丛林里的女巫。平时，村民如果生了病，或者遭遇了不幸，就会前来向女巫求助。但在通常情况下，大家都会对她敬而远之。现在，阿布误打误撞来到女巫这里，他觉得最起码女巫应该不会像敌人那样危险，于是连忙向她求救："快把我藏起来，有人在追我！是奴隶贩子！"

女巫看了看他，没有说话，伸手拿起一张皮毛，扔到阿布身上，然后站起身，坐到了皮毛上。阿布刚刚在皮毛里蜷缩好，追赶他的士兵便冲了进来。士兵们看到屋子里的女巫，全都愣了一下，他们和平常人一样，也对女巫有所忌惮。

"你们这是要干什么？为什么要跑到我的屋子里来？"女巫面无表情，用她那特有的像念咒语一般刺耳的声音问道。

"我们在追一个男孩，"领头的士兵说，声音有点颤抖，"他朝这边跑过来了。"

"你觉得他会在我这儿吗？"女巫阴冷地笑着说，"如果他在我这儿，我倒认为还没在你们那儿安全。"

士兵们听完这话，嘀咕了几句，便转身离开了。

女巫站起身，迈着一瘸一拐的步子，走到墙边，透过墙上的一个小孔往外看去。过了一会儿，她转过头来，对阿布说："你可以出来了，他们走远了。"

阿布从皮毛里钻出来，开始低声哭泣。他对女巫说："我的爸爸在前线打仗死了，妈妈又被他们抓走了，我该怎么办呢？我想救我妈妈，可是他们一旦把我妈妈带走，我连他们要去哪里都不知道……"

"可怜的孩子，让我来帮你想想办法吧。"女巫说，"如果你愿意，我可以把你变成一种动物，这样你就可以跟踪奴隶贩子而不被发现。虽然不能保证能救出你的母亲，但最起码你可以先知道他们会带她去哪里。"

"真的吗？如果你真能这样做，那就赶快把我变成动物吧，我担心他们随时会带我妈妈走。"阿布急切地说。

"别着急,先让我想想把你变成什么。"女巫说,"奴隶贩子一般都喜欢昼伏夜出,白天睡觉,晚上赶路。我就把你变成一只夜猴吧,夜猴的个子小,不容易被发现,而且喜欢在夜间出没,这样便于跟踪。"

"好,就把我变成夜猴吧!"阿布说,"实在太感谢你了!"

商定好之后,女巫开始忙碌起来。她把一个大罐子放到火上,又把很多外表奇特、气味怪异的东西放到罐子里,然后一边念咒语,一边熬制起来。很快,屋子里充满了奇怪的蒸汽和烟雾,有点让人喘不过气来。

最后,烟雾慢慢消散,女巫也安静下来,把罐子里的液体倒进一个杯子,递给阿布说:"喝吧。"

阿布接过杯子,把里面的液体送到嘴里——这东西的味道实在太苦了,可为了救自己的妈妈,他强忍着全都喝了下去。

随着最后一滴药液进入体内,他的身体有种奇异的感觉,像是要融化了一般,整个人瘫在地上。然后,他感到天旋地转,晕了过去。等他醒过来的时候,看到女巫站在他面前,变得比以前高大了许多。

"来看看你的样子吧。"女巫一边说,一边把一面镜子放到阿布面前。

阿布看到镜子里的自己,果然变成了一只夜猴的样子,看上去还没有一只松鼠大。他试着活动一下身子，结果毫不费力地便顺着墙跑到了天花板上。

"看来你是一只身手不错的夜猴呢。"女巫说。

"比我想象的还要神奇。"阿布说。他发现当自己的话从嗓子里冒出来时，发出的是一阵尖锐的吱吱声，不过女巫似乎能听懂他的话。

"好了，快去找你的母亲吧。"女巫说，"记住，当你想恢复原来的样子时，就过来找我。"

阿布点了点头，蹦跳着离开了女巫的小屋。他惊讶地发现，虽然外面很黑，可他能清清楚楚地看见周围的一切。他还发现，自己奔跑的路线不是在地面上，而是在树枝之间，从这根树枝到另一根树枝，只需要轻轻一荡，便能跃出去很远。通过这样的方式，他很快便回到了村子。

阿布看到被俘虏的人都依偎在地上睡觉，周围有一些人在看守。他想走过去寻找妈妈，可有了上一次的教训，他不敢靠得太近，决定先远远地观察，等待时机，寻找救妈妈的办法。

天亮之后，村子里骚动起来。在敌人粗暴的呵斥声中，俘虏们排成长长的队伍，被驱赶着离开村子。很快，村子里变得空空荡荡，只剩下几个悲痛欲绝的老人。

阿布紧紧地跟着队伍，一刻也不放松。但随着太阳越升越高，阳光越来越强烈，他的眼睛感到强烈的不适。最后，他想到了一个办法，偷偷爬到一个仆人背着的大包裹里，里面柔软而黑暗，他舒舒服服地蜷着身子，很快便进入了梦乡。

等阿布醒来时，发现天已经黑了，队伍还在往前赶路。看来，的确跟女巫说的一样，他们应该是白天休息，晚上不停地赶路。阿布一直跟着队伍往前走，远远地看着妈妈，不敢接近她。就这样，队伍走走停停，整整过了四天四夜。

三

第五天清晨，他们来到一座城镇。看来，这里就是他们的目的地了，因为城镇里的人们全都跑出来欢迎他们，祝贺他们取得了胜利，还带回来这么多的奴隶。

士兵们开始各自归营，奴隶们则被带到一个院子里，身上的锁链被解开，然后被逐一挑选、分类，再被关进一个个小屋。阿布蹲在围墙上，焦急地观察着院子里的动静，看他的妈妈会被带到什么地方。

看到妈妈被关进其中一个屋子后，阿布趁其他人不注意，悄悄溜了进去。他躲在房梁上的一个角落里，一直等到所有人都入睡之后，才悄悄爬到妈妈身边，把他那毛茸茸的爪子放到她的胳膊上，一边轻轻摇晃，一边吱吱地叫起来。

让他想不到的是，妈妈惊醒后，还以为爬到身上的是一只老鼠，她慌乱地把他拨到旁边，喘着气说："快走开！"一脸惊恐的表情。

阿布在地上打了个滚儿，坐在那里看着妈妈，泪水从他眼睛里流了出来。看来妈妈根本没有认出他，这该怎么办呢？难道他所有的努力都是徒劳的吗？阿布的心都快碎了。这时，旁边的人也醒了过来，阿布担心被别人发现，便转过身逃走了。

他跑出院子，钻进丛林里，坐在一根树枝上伤心地哭了起来。由于他的嗓音尖尖的，他的哭声听起来就像婴儿的啼哭。

"你这是怎么啦？"一个声音突然在他耳边响起。

阿布抬起头，看到身边出现了另一只夜猴，正用好奇的目光打量着他。怪不得他刚刚觉得对方的声音很熟悉，原来是跟他一样的吱吱声。

终于有了一个倾诉的对象，阿布便将自己的故事告诉了对方。不过，那只夜猴显然并不相信，他震惊地问："你说什么？你原本是一个人类？你没在说梦话吧？"

"当然没有！"阿布吱吱地大声说，"我是六年前出生的，我的爸爸在战争中去世了，我的妈妈被关在城里的奴隶营，她穿着一件粉色的袍子，上面有黄色的花朵，你过去看一眼就知道了！我之所以变成现在的样子，本来是想跟着妈妈，然后想办法救她，可她根本认不出我，还非常怕我。唉，我真是难过死了！"

"好吧，我相信你说的是真的了，"那只夜猴说，"可你现在准备怎么办呢？"

阿布看着这位新朋友，思索了一会儿，对他说："也许，你能帮上我。"

"我？我怎么帮你呢？"那只夜猴跳了起来，"我可打不过那些强大的人类！"

"你先告诉我，在这片丛林里有多少只跟你一样的夜猴？"阿布问。

"大概有上千只吧，或者还要多一些，我估计。"那只夜猴摸着脑袋说。

"那好，我已经有计划了。"阿布靠近那只夜猴，把自己的计划告诉了他。

那只夜猴听到阿布的计划后，完全被吓傻了。不过，他的内心是善良的，他确实想帮助阿布。最终，阿布的鼓励给了他勇气，他决定按照阿布的计划去试一试。

"我会尽力的，"他对阿布说，"不过，我估计至少需要一个星期的时间，你等我的消息吧！"说完，他便蹦跳着离开了。

阿布也知道，这不是一件容易做到的事。现在，他不得不沉下气，让自己耐心地等待，尽管等待一分钟对他来说都是煎熬。

四

时间一分一秒地流逝,到了第六天晚上,那只夜猴过来了,他一见到阿布就兴奋地说:"都已经安排好了,比我想象的顺利。事实上,当大家听说可以做猎人而不是猎物时,一个个都跃跃欲试。"

阿布点点头:"太好了,那就通知大家,准备行动吧!"

半个小时之后,奴隶营看守大门的哨兵听到一阵奇怪的声响,由远及近,铺天盖地。其中一个揉了揉眼睛,努力向黑暗中望去,当他看清眼前的景象时,他震惊得张大了嘴巴。

数千只夜猴如同潮水一般,向奴隶营蜂拥而来。看守大门的哨兵还没来得及反应,就已经被数百只夜猴无情地推倒、踏过,躺在地上恐惧地颤抖着。夜猴们闪电一般向前奔袭,守卫们还没看清发生了什么,一个个已经被击倒在地。随后,关着俘虏的牢门被一扇扇打开,俘虏们从睡梦中惊醒,开始尖叫着四散奔逃。

阿布的妈妈也跟着大家跑了出去,在她的身后,跟着成百上千只上下跳跃的夜猴。她不知道到底是怎么回事,以为身后的动物想要杀掉她,便拼命地向前奔跑。最后,她实在跑不动了,瘫倒在一片灌木丛里。她索性闭上双眼,等待生命的结束。可是,她等了很久,什么都没有发生。随后,累坏了的她迷迷糊糊地睡着了。

等她在黎明时分醒过来的时候,才意识到自己居然从奴隶营中逃了出来。"这么说,难道是那些动物救了我吗?"她一边思量着,一边起身继续向远处逃去。

走了一段路之后,她听到身后传来一阵沙沙声。回头一看,是一只夜猴。她想起来了,那天在牢房弄醒她的就是他。还有昨天夜里,跑在最前面追赶她的好像也是他。他为什么一直跟着自己呢?阿布的妈妈疑惑地摇摇头,继续向前走去。

这时候,身后传来一阵犹如婴儿啼哭般的声音,阿布的妈妈再次回头,看到那只夜猴正站在那里,冲着自己伤心地哭泣。一股莫名的怜悯之情涌上她的心头,她蹲下身子,向那个小家伙伸出双手。让她没想到的是,那个小家伙居然朝她靠了过来,依偎在她手中,然后顺着手臂爬上她的肩头。

"你真是让人心疼的小东西。"她说,"昨晚是你救了我吗?你想跟我一起走,是吗?"

夜猴看样子能听懂她的话,因为他冲她点了点头。

从这个时候开始,妈妈终于不再害怕阿布现在的样子了,她就像心疼自己的孩子一样,一路上细心呵护着怀里的夜猴,不分昼夜地朝自己的家乡走去。几天之后,他们终于回到了自

己的村庄。

"等我找到自己的儿子,就介绍你认识他,他一定会喜欢你的。"妈妈对怀里的夜猴说。

夜猴吱吱地叫着,可惜妈妈根本听不懂他说的话。

村子里幸存的人看到逃回来的阿布妈妈,都有点不敢相信自己的眼睛。他们拉着她的手,关切地嘘寒问暖。然而,当妈妈问起阿布的时候,大家都悲伤地摇起了头,他们告诉她,自从她被抓走,阿布也消失了。

妈妈痛苦地大叫一声,瘫倒在地上。就在众人七手八脚地去搀扶她的时候,大家惊讶地看到,从她怀里突然窜出一只松鼠大小的动物,吱吱地叫着,飞快地向远处的丛林跑去。

没有人知道,那就是阿布,他找丛林里的女巫去了。

阿布的妈妈被人搀扶着回到家里,躺到床上。好心的邻居给她端来一碗热汤,她一边喝汤,一边想着凶多吉少的儿子,眼泪又流了出来。

就在这时,有人在外面大喊:"是阿布,阿布回来啦!"

妈妈手里的碗一下子摔在地上,她挣扎着爬起来,来到家门外,向村口的方向望去——果然是阿布,果然是她的儿子!他正欢快地奔跑着,向她跑来。

所有人都欢呼起来,阿布和妈妈紧紧地拥抱在一起,流下了幸福的眼泪。

此刻，在村子外的丛林里，成百上千只夜猴也正在看着这感人的一幕。他们吱吱地叫着，用自己的方式欢呼和庆祝。他们都参与了这次勇敢的营救行动，为自己的表现感到自豪。从此，夜猴们学会了一项新技能，那就是发出像婴儿一样的啼哭声——当然，这是他们从阿布那里学来的。

所以，如果你在夜晚经过丛林，听到像婴儿一样的啼哭声时，不要害怕，那其实是夜猴的叫声。而且，相信你已经完全了解，在这样的哭声背后，并不是夜猴的悲伤，而是一个感人的故事。

国王的魔鼓

从前,有一个国王,他非常富有,有大片的土地和无数的奴隶,还有五十个妻子。他的妻子们都是健康美丽的女人,给他生了不少孩子。

在外人看来,国王似乎拥有无尽的财富。每隔一段时间,国王就会举办盛大的宴会,邀请他的子民前来参加。宴会上,数不尽的美味佳肴堆成了山,香醇的美酒供大家敞开了喝。百姓非常爱戴自己的国王,觉得他是一个心地善良、为人公正的好君王。

为什么国王能够如此频繁地宴请自己的子民呢?原来,他有一面神奇的魔鼓。不管什么时候,只要敲响这面鼓,就会凭空出现许多珍馐美味,包括各种美酒和饮品。国王觉得这样的宝贝要物尽其用，便决定定期宴请百姓，改善大家的生活。

除此之外，这面魔鼓还能阻止战争。当两军对垒的时候，国王便敲响这面魔鼓，无数的美味菜肴瞬间出现在敌人面前，有鱼有肉，有菜有汤，还有大量的棕榈酒。士兵们看见之后，都兴高采烈地扔下武器，开始大吃大喝起来。等大家酒足饭饱，都从心底感谢国王的慷慨，便没有心思再计较之前的纠纷了。就这样，国王通过这面魔鼓，维持了很长时间的和平。

此外，国王还会用魔鼓招待动物。无论大象还是河马、狮子、羚羊、野牛，只要是森林里的动物，国王都会定期款待他们，让他们饱餐一顿之后，乖乖回到森林中去。所以在那个时候，人类和动物相处得非常和谐。

可见，这面魔鼓是一个多么神奇的宝贝，每个人都渴望拥有它。国王自然也知道它的珍贵，所以看管得非常严密，每天都随身携带，几乎形影不离。

不过，这面魔鼓也有一个秘密，除了国王以外的人都不知道——作为魔鼓的主人，千万不能跨过倒在路上的树，哪怕一根树枝也不行。因为一旦这样做的话，当魔鼓被再次敲响的时候，就会出现三百名带着棍棒和鞭子的武士，无情地痛打魔鼓的主人和所有被邀请的客人。因此，国王每次出门都非常小心，避免踩到路上的任何树枝，更不会跨过倒在地上的树。

有一天，国王的一位妻子带着他们的小女儿来到泉水边，给孩子洗澡。在泉水边的一棵棕榈树上，一只乌龟正在割棕榈果，用来做午餐。一不小心，一颗棕榈果掉到了地上，恰好落在正在洗澡的孩子面前。小女孩看见了，便哭闹着想要。她的母亲四处张望了一下，没看到树上的乌龟，以为果子是从树上自然掉落的，便捡起来给了自己的女儿。

乌龟在树上看到之后，当即从树上爬下来，大声质问道："我的棕榈果呢？你们把它弄到哪儿去了？"

国王的妻子说："不好意思，我不知道那是你采的果子，已经被孩子吃掉了。"

乌龟一听，大声喊道："好啊，你作为国王的妻子，竟然偷我的食物！我是一个苦命的穷人，全家都饿着肚子，好不容易找到一点吃的，居然还被你偷走了！我要去找国王评理！"

在当地，盗窃他人食物是非常严重的罪行，国王的妻子听乌龟这么一说，连忙解释道："我真不是有意的呀，这个果子自己掉到地上，我根本不知道它是你采摘的，怎么能说是我偷的呢？你要是真的对我不满，那就去找我的丈夫吧，我相信他自有判断。"

国王的妻子带着乌龟来到国王面前，此刻国王正在一棵大树下跟大臣们议事。乌龟对着国王深鞠一躬，问："尊敬的陛下，请问您一下，在我们的国家，偷盗别人的食物是不是非常严重的罪行？"

国王点头道:"是的。食物对每个人来说都非常重要,偷盗他人食物的确是非常严重的罪行。"

乌龟一听,马上开始哭诉自己的遭遇,自己如何辛苦地采摘食物,又如何被国王的妻子恬不知耻地占为己有,请求国王一定要给自己做主。一时间,国王非常为难。他刚刚在众人面前承认偷盗他人食物是非常严重的罪行,结果乌龟马上就来状告自己的妻子。作为一个正直的人,他问乌龟:"既然你认为我的妻子盗窃了你的食物,那么你希望得到什么补偿呢?我可以给你更多的棕榈果、棕榈油和其他食物,你看怎么样?"

乌龟说:"不行。"

国王说:"我再给你些布匹、家畜、奴隶,你看怎么样?"

乌龟说:"不行。"

国王说:"我直接给你金币总可以吧?你希望得到多少?"

乌龟说:"我不要金币。"

国王叹了口气:"那你到底想要什么?只要我有,我就可以给你。"

乌龟说:"希望您能信守承诺。我知道陛下有一面魔鼓,那是我唯一想要的东西。"

国王无奈,只得拿出随身携带的魔鼓,对乌龟说:"虽然我不太舍得,但既然我对你做出了承诺,你就拿去好了。"

乌龟高兴极了,连忙带着魔鼓回到了家,对妻子说:"这下好了,我已经是全世界最富有的人了,以后我们什么都不用做,只要敲敲这面魔鼓,吃的喝的就都有了。"

说着,他迫不及待地敲响了魔鼓。果然,丰盛美味的食物立刻出现在他们面前。乌龟的妻子和孩子都高兴极了,他们马上坐下来,享受了一顿丰盛的午餐。

从此以后,乌龟一家人便什么事情都不做了,每天除了吃饭就是睡觉,大家的肚子都吃得圆滚滚的。为了炫耀自己,乌龟也像国王一样向周围的人和动物发出邀请,请大家来参加自己的宴会。可是,大家都知道乌龟很穷,不相信他会真的宴请大家,所以前来赴宴的寥寥无几。然而,当乌龟敲响魔鼓,丰盛的食物摆满桌子的时候,所有人都惊呆了。从此以后,越来越多的人前来参加乌龟的宴会,大家都把他当作王国最富有的人,每个人都对他非常尊重。

就这样,乌龟除了每天向别人吹嘘自己的财富,便是不停地举办宴会,喝得酩酊大醉。很多人也开始每天什么事都不干,就跟在乌龟的身后混吃混喝,不断地吹捧他。

一天晚上,乌龟像往常一样在一个农场举行完宴会,醉醺醺地往家里走去。可能是刚刮过一阵大风,也可能是有人不小心折断的,有一根树枝横在路上。乌龟根本没有在意,直接跨步踩了过去。

从这一刻开始,魔鼓身上的诅咒生效了。但乌龟对此毫无察觉,并没有发现任何异样。

第二天早上,乌龟一家人起床之后,像往常一样围坐在餐桌旁,敲响了魔鼓。可这一次出现的不再是丰盛的食物,而是挤满屋子的武士。武士们毫不留情地痛打乌龟一家人,尽管他们都长了坚硬的龟壳,还是被打得鬼哭狼嚎。

乌龟非常生气,心想:"看来这面魔鼓的魔力已经失效了,不仅带不来食物,还白白挨了这么多打。不行,不能只让我一家人遭罪,那么多人都沾过这面魔鼓的光,他们也应该挨打!"

于是,乌龟又一次向所有人发出了邀请,之前来参加过宴会的人都来了,大家都等着继续享受免费的大餐。在宴会开始之前,乌龟把自己的妻子和孩子藏了起来。等所有的宾客到来之后,他像往常一样敲响魔鼓,随后迅速躲到了一条长凳下面,没有人能发现他。紧接着,三百名武士出现了,他们带着棍棒和鞭子,开始痛打所有的客人。由于乌龟提前锁上了大门,客人们都逃不出去,只能忍受着毒打。这场殴打整整持续了两个小时,很多人都被打得惨不忍睹,大家非常生气,纷纷叫嚷着要向乌龟复仇。

隔天一早,乌龟带着魔鼓去找国王,告诉国王自己不想要魔鼓了,想换别的东西,比如国王之前承诺的金币啦、奴隶啦,最好再给他几个农场。

这一次,国王拒绝了,因为他已经履行了当初的承诺。不过，国王对乌龟的遭遇表示同情，决定再送给他一棵神奇的糊糊树。每天都会有山药糊和浓汤从这棵树上流下来，虽然比不上魔鼓，但同样可以养活一家人。不过，国王专门提醒乌龟，每天只能从这棵树上采集一次，如果采集第二次，糊糊树就会消失。

乌龟对国王千恩万谢，扛着糊糊树回到家，把它藏在附近的一片灌木丛里。第二天，乌龟让妻子带上十个葫芦，跟着自己去采集糊糊树上的山药糊和浓汤。孩子们发现家里又有了食物，觉得很奇怪，问父亲食物是从哪里来的，乌龟始终没有告诉他们。

这更加激起了孩子们的好奇心。尤其是乌龟的大儿子，他是一个非常贪婪的家伙，为了弄清楚父亲的秘密，他悄悄在父亲口袋里塞了一葫芦炭灰，又在口袋上戳了一个小洞。这样，当乌龟出去的时候，就会在身后留下一条痕迹。

大儿子跟着父亲留下的痕迹，终于发现了糊糊树的秘密。他看着父亲收集完食物后，连忙转身抢先返回家中，像平时那样等着吃饭，装作什么都没发生。

第二天，大儿子叫上自己的几个兄弟，让他们发誓保守秘密，然后带着他们悄悄来到灌木丛。等他们的父亲采集完食物离开之后，他们又一次来到糊糊树下，采集了更多的山药糊和浓汤，高高兴兴地离开了。

乌龟对这一切毫不知情，当一天之后再次来到灌木丛中时，他震惊地发现糊糊树不见了。在原来长着糊糊树的地方，冒出来一大片密密麻麻的刺棕榈。乌龟立刻想到，很可能有人触发了糊糊树上的诅咒。他把一家人召集到一起，询问是否有人偷偷采集了糊糊树上的食物，可是没有一个人承认。

从此以后，乌龟便喜欢生活在刺棕榈附近，在灌木丛里爬来爬去，据说还在寻找那棵糊糊树呢。

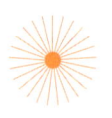

"从不发火"姑娘

从前,有一个小女孩,有着天生的好脾气。她很少生气,在她还是婴儿的时候,几乎没有哭闹过。周围的人便给她取了个名字,叫"从不发火"。时间长了,大家连她原本叫什么都忘记了。

小女孩一天天长大,跟她的名字一样,她从来没有发过火。她的小伙伴们曾经想尽办法挑逗她、捉弄她,看她会不会生气,结果一次都没有成功。最后,大家都非常佩服她,都觉得这是一个了不起的优点。因为在某些时候,为一些事情动怒、发脾气,是每个人都避免不了的事情,可这位"从不发火"姑娘是个例外。

与"从不发火"姑娘相反,她的妈妈是一个脾气非常糟糕的人，动不动就会在家里大发雷霆。也正因为这一点，"从不发火"姑娘更加坚定了自己的意志，她要做到像自己的名字那样，永远不发火，永远不因为自己的坏脾气而让自己和别人不快乐。

不过，随着她逐渐长大成人，妈妈越来越看不惯她。为什么呢？因为妈妈的脾气越来越坏，而"从不发火"姑娘的脾气却一直那么好，这让妈妈很恼怒，她觉得女儿的性格是对自己的一种羞辱。

"你为什么不跟其他人一样呢？"妈妈问她，"你是假装脾气这么好吧？你的目的就是想让别人夸你是个乖孩子！"

"不是的，妈妈。""从不发火"姑娘说，"根本没有什么事情让我生气呀，我难道要假装生气吗？"

"哼，那是因为你根本没有什么生活上的负担。"妈妈没好气地说，"要是你每天像我这样操这么多心，肯定也会经常发脾气。你太无忧无虑啦！"

"也许您是对的。"女孩没有反驳妈妈，她一边说话，一边开始忙活着收拾屋子。妈妈虽然嘴巴上不再说什么，心里仍然觉得女孩不理解自己的处境和难处。

时间一天天过去，妈妈越来越看不惯自己的女儿，想不明白她为什么从来不发脾气。甚至在某些时候，妈妈还会故意刁难自己的女儿，冲她发泄心头的怒气，可是"从不发火"姑娘丝毫不受影响，依然乐呵呵的。有时候，女孩看着妈妈气急败坏的样子，反而有些为她难过。

这一天，妈妈看到女儿无所事事，便让她去找教母借一些钱回来。女孩的教母住在一个很远的地方，路上会遇到不少困难甚至危险。

"我倒要看看，当她独自一人在丛林里，被苍蝇叮蚊子咬的时候，或者要穿过那片泥泞的沼泽的时候，她还会不会有好脾气！"妈妈暗想着。

"从不发火"姑娘带了一点吃的，便动身出发了。实际上，她并不喜欢做这件事，可天生好脾气的她还是欣然接受，迈着轻快的步子上路了。

进入丛林之后不久，她遇到了一只身形巨大的黑猩猩，它坐在道路的正中间，像一块巨石挡住了去路。"从不发火"姑娘笔直地走过去，非常礼貌地问道："您好！您能不能让一下路，让我过去呀？"

黑猩猩盘踞在这片森林里很长时间了，第一次看到居然有人这么大胆，一点也不怕自己。要知道，以往凡是看到自己的人，没有一个不是撒腿就跑的。因此，它非常生气，冲着女孩吼道："你是谁？"

"我的名字叫'从不发火'。"女孩回答道。

"这真是一个蠢名字，你为什么叫这个名字？"

"因为我从来不发火呀。"女孩说。

"你为什么不发火呢,这难道有什么好处吗?"黑猩猩不屑地问。

"我也不知道,但是,如果没有什么事情值得我生气,我难道要假装生气吗?"

"你难道不怕我吗?"黑猩猩问。

"我为什么要怕您呢?"女孩镇定地回答道,"我不会伤害您的,您又为什么要伤害我呢?"

黑猩猩听到女孩的话大笑起来,眼泪都笑了出来。"你居然说你不会伤害我,哈哈哈!"黑猩猩说,"你说得真对,你的确不会伤害我,哈哈哈!"

"那么,我可以过去了吗?"女孩问。

"等等,"黑猩猩擦了擦眼睛,拦住女孩道,"你不是说你从不发火吗?那就让我来试试吧!"

黑猩猩说完,脸上露出狡诈的表情。它开始使出各种手段,不断地戏弄面前的女孩,希望能把她的脾气激发起来。然而,黑猩猩使出的每一种手段,女孩在之前都已经见识过了,不是从她妈妈那里,就是从周围的人那里。因此,无论黑猩猩说出多么挖苦她的话,女孩都能够平静应对,给出合情合理的回答。最后,黑猩猩像一只泄气的皮球,选择了放弃。

"看来,你还真没有辜负你的名字呀!"黑猩猩用带着佩服的语气说,"现在,你可以从我身边过去了,祝你好运!"

"从不发火"姑娘谢过黑猩猩,继续向前走去。走了一段路之后,她又碰到一头狮子。她的突然闯入,让狮子很不高兴,于是狮子冲出来拦住了她的去路。

"你是谁?"狮子吼道。

"我叫'从不发火'。"女孩回答道。

"什么?从不发火?"狮子吼得更大声了,"这是什么胡话?我现在就让你发火!"

说着,狮子便冲过来,使出各种手段来戏弄面前的女孩,甚至把她拖在地上不停地转圈。然而,无论狮子使出什么样的手段,女孩都能够平静地应对,一点也没有发脾气。

折腾了一会儿之后,狮子放弃了,用佩服的语气说:"看来,你还真配得上这个名字。你继续往前赶路吧,我真希望所有的人都能跟你一样。"

于是,"从不发火"姑娘再次出发了。不久之后,她来到一块沼泽地,只有一条狭窄的小路可以过去。在小路中央,她碰到了一条蟒蛇。蟒蛇盘着身子,用恶毒的眼神打量着女孩,显然没打算让她过去。

"您好!请问可以让我过去吗?"女孩礼貌地问。

蟒蛇竟然被问得一时不知该如何回答,因为还从来没有哪个人会这样跟它说话。

"你是谁？"蟒蛇整理了一下情绪，用凶狠的语气说，"你不能从这里走，这条路是我的！"

"我是'从不发火'，能让我借过一下您的路吗？"女孩继续保持着礼貌。

"什么从不发火？我才不管你从不发火还是一直发火，我是问你的名字！"

"我的名字就叫'从不发火'呀！"

"什么？我这辈子还没听过这么傻的名字呢！"蟒蛇不怀好意地说，"你难道从不发火吗？那你一定有什么问题，让我来瞧瞧吧！"

说着，蟒蛇便冲过来，使出各种手段戏弄面前的女孩，甚至缠绕到女孩的身上来吓唬她。然而，无论蟒蛇使出什么样的手段，女孩都能够平静地应对，一点也没有发脾气。

折腾了半天，蟒蛇自己都觉得没意思了，便松开女孩，滑到了地上。

"看来你还真是名副其实。"蟒蛇有点不情愿地说，"不过我还是要劝你小心点，不是每个麻烦都能用好脾气来解决的。"

"也许您是对的。"女孩说，"不过，在这条路上我倒是没遇到什么麻烦。您是我遇到的第三个人，每一次分手的时候，我们都成了好朋友。"

"好吧，我相信你说的。"蟒蛇说，"你要去的地方已经不远了,你赶快过去吧。"

于是,"从不发火"姑娘告别了蟒蛇,继续向前走去。她来到前面的村庄,找到了她的教母。她的教母其实不是普通人,而是一个会施展魔法的人。当看到女孩是一个人来的时候,她有点惊讶地问道:"你的母亲呢,她为什么不过来?"

"从不发火"姑娘告诉教母最近母亲的状态,还有自己对她的担心。

"你走了这么远的路,路上都顺利吗?"教母继续问她。

"很顺利呀,我在路上还认识了不少朋友。"女孩接着讲了路上发生的事情。

听完女孩的讲述,教母更加惊讶了。她不确定女孩所说的是不是真的,决定亲自验证一下。于是,她挽留女孩先住一些日子,然后暗中考验了女孩很多次,最终发现女孩所说的都是真的,她的确是一个从不发火的姑娘,无论面对什么样的问题,都能够保持平静和理智。

教母给女孩拿来了一包钱,还给她准备了很多漂亮的新衣服。几个侍女来到女孩身边,带着她前去沐浴,沐浴的水里浸泡着各种香料。沐浴完毕之后,侍女们给她梳了头发,给她穿上漂亮的衣服,这时候的她看上去就像一位公主。

"你是一个善良的好孩子。"教母对女孩说,"一路奔波太辛苦了,让我换一种方式送你回去吧。"

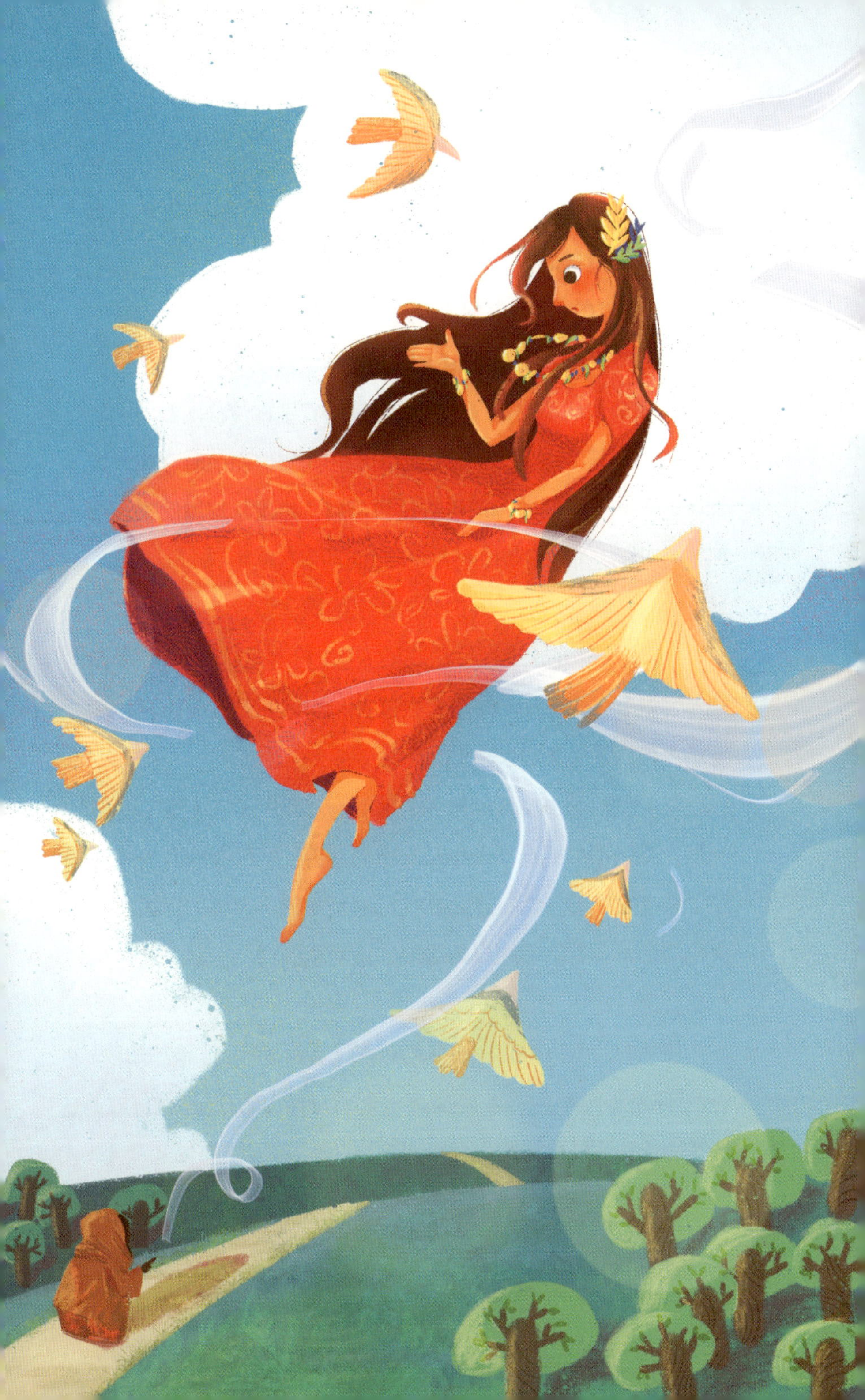

说着，教母拍了拍手，一股温柔的风吹了过来，将女孩托举着，升到了空中。教母挥手向她告别，女孩便离地面越来越远，然后快速地向自己的村庄飞去。

没过多久，她就来到了村庄的上空，风温柔地托举着她，把她放到地面上。她迈着轻盈的步子，朝自己的家走去。她漂亮得大家都快认不出她了，所有人都围着她，羡慕地看着她。

当她衣着华丽、满面春风地出现在妈妈的面前时，妈妈震惊了。要知道，妈妈以前也去过教母家，每次从那里回来，都风尘仆仆的，狼狈不堪。

女孩伸出手，把借到的钱递给了妈妈。

"你是从哪儿弄来这些漂亮的衣服的？它们应该值不少钱吧？"妈妈问，"还有，你是怎么过去和回来的？我敢肯定，你一路上应该发了不少脾气吧？"

"从不发火"姑娘告诉妈妈，自己从来没有生过气，而且一路上交了不少朋友，大家都对她很友善。她耐心地向妈妈讲述了路上发生的一切，还有在教母家发生的所有事。妈妈听着女儿的话，看着她那纯真的脸庞，逐渐意识到自己之前对女儿有多么恶劣。

在妈妈的脑海中，似乎隐约传来了教母的声音，她告诉妈妈："你是多么幸运，才有这样一个非同寻常的孩子。你应该珍惜她，而不是惩罚她。"

慢慢地,妈妈的眼睛湿润了。

"孩子,你做得非常好。"妈妈对女儿说,"我真为你感到骄傲。我现在开始觉得,你是对的。在以后的生活中,妈妈也要像你一样,争取再也不发火了。"

从此以后,妈妈的确变了。虽然没有做到从不发火,但脾气的确比之前好了很多。至于"从不发火"姑娘,她在整个国家都出了名,有越来越多的人前来向她寻求帮助,请她帮忙解决问题、做出判断,因为她是个从不发火、永不畏惧的人。

除了女孩的妈妈,还有越来越多的人开始向她学习,改变自己的脾气。慢慢地,整个国家的人都变得友善了很多,争吵和矛盾越来越少,大家的生活变得越来越幸福。

求 雨

从前，在埃塞俄比亚的一片森林深处，生活着一个男人和他的儿子。男人的妻子因难产而死，男人伤心欲绝，便带着儿子到森林里隐居，过着与世隔绝的生活，不想再被人打扰。

男人的儿子叫德维，他从小没有任何玩伴，每天陪伴自己的只有父亲。从很小的时候开始，父亲便教给了他各种技能，从最初的走路、说话，到后来的打鱼、狩猎，德维越来越适应在森林中的生活，父子俩的日子过得平静、安稳。慢慢地，德维一天天地长大，长成了一个跟他的父亲一样善良温和的英俊少年。

在德维十八岁那年，森林附近的安加王国发生了可怕的旱灾，连续一年多都没有下雨。河水干涸，土地干裂，庄稼焦枯，百姓缺水少食,整个国家都笼罩在灾难的恐怖阴云之下。

国王看到全国上下水深火热的景象,心急如焚,召集身边的几位智者,向他们询问解决问题的办法。

有人建议道:"陛下,既然缺水,就让全国的驴子都去海里背水过来不就行了。用海水灌溉田地,田里就有粮食了,大家就有吃的了。"

话音刚落,马上有人反驳道:"陛下,万万不可啊!海水对植物有害,根本养不活庄稼,人喝了也会出问题的!"

又有一个人建议道:"陛下,既然我们这么缺水,不如把全国的动物都赶跑,这样就能给我们节省不少水了。"

国王摇摇头说:"这也不是解决问题的办法。实际上,我们需要的是从天而降的雨水,只要能下雨,所有的问题就都解决了。"

这时候,一个年迈的智者站了出来,他对国王说:"陛下,如果要求雨,我倒是有一个办法。"

国王连忙问:"快说,什么办法?"

智者说:"如果我们能够找到一个心灵纯洁、从未受过世俗污染的年轻人,把他带到我们的国家,雨水就会降落在我们的土地上。"

其他智者听了,都纷纷点头。只有身心纯洁的年轻人才能感动神灵,这是几百年来大家公认的道理。可问题是,到哪里才能找到这样的人呢?安加王国倒是有不少年轻人,但大家都很清楚,他们之中没有一个是身心完全纯洁的。

"我倒是知道这么一个人。"一位慈祥的智者突然说,所有人都吃惊地向他看去。这位智者曾经和德维的父亲生活在同一个村庄,所以他了解这一对隐居的父子,并向国王介绍了他们的经历,他认为德维就是理想的人选,但他觉得德维的父亲很可能会不允许别人带走自己的儿子。

"不用担心,我自有办法。"国王微笑着说,"别忘了我有个女儿,她是这个国家最美丽的姑娘,还非常聪明。如果我把这个难题交给她,我相信她一定能够想到办法,带那个年轻人来这里。"

随后,国王找来自己的女儿,把事情的前因后果都告诉了她。公主听完之后说:"父王请放心,我一定想办法完成你交给我的任务。"

公主收拾了一下行李,便告别父亲,踏上了寻找德维的旅程。与德维父亲同村的那位智者并不清楚那对父子生活的具体位置,只向公主描述了大概在哪一片森林。公主进入森林之后,利用智者提供的有限的线索,发挥自己的聪明才智,历经不少周折,终于找到了他们的住处。

那是一座隐蔽在森林深处的一座木屋,青苔覆盖着它,草木遮挡着它,如果不细心观察,真的很难发现。

她悄悄靠近木屋，听到里面有人说话，德维的父亲说："我去森林里采一些水果，日落之前回来。你把屋子打扫一下，烧点开水。"

随后，德维的父亲走出木屋离开了。公主回到自己的马跟前，换上行李中最华美的衣服，迈着轻盈的步子，来到木屋门前，轻声问道："你好，有人在吗？"

房门打开了，一个长着黑色卷发的少年探出头来。看到面前的公主，德维惊讶得说不出话来，眼睛里仿佛有无数的星星在闪烁。公主呢，见到德维之后，也被他的样子吸引了，真心觉得他是一个英俊而善良的年轻人。公主只觉得脸红红的，心里像是有一只小鹿在乱撞。

德维也有些慌乱，因为除了自己的父亲，他还从来没有这么近距离地跟别人接触过呢，更何况是美丽动人的公主。他镇定了一下，礼貌地问："请问你是谁？"

"我叫艾莱妮，来自安加王国。"公主小心翼翼地回答，然后又故意问德维，"你是谁？"

德维向公主介绍了自己的情况，然后邀请她来到屋里，拿出一些吃的喝的来招待她。很快，他们便熟悉起来，像是一对老朋友，聊了整整一个下午。后来，公主提议玩捉迷藏的游戏，他们在森林里追逐嬉闹，玩得开心极了。最后，他们采来鲜花，各自编出一个花环，互相戴在对方的头上，看着对方开心地大笑。不知不觉间，傍晚快要来了，太阳已经坠到了树梢下面。

公主知道德维的父亲会在日落前回来，她担心自己被发现之后会被赶走，连忙对德维说了一句"我该走了"，便像一只小鹿一般飞快地跑了。

"等一等！"德维大声喊道，"我父亲马上就要回来了，你可以见一见他，他一定会喜欢你的！"

可是，美丽的公主已经在树丛中消失了。德维呆呆地注视着空旷的森林，第一次感到无尽的孤独。他想去追赶她，却又担心父亲会责怪自己，最终没有挪动脚步。

不久之后，父亲回来了。听德维说完下午发生的事情之后，父亲觉得这个突然出现的女孩有点奇怪，便警告德维说："儿子，你一定要小心，这个女孩来历不明，她可能会把你带走，天知道她会把你带到哪里去。"

几天之后，德维的父亲不得不再次出门去寻找食物。出发之前，他专门叮嘱德维，一定要小心那个女孩，最好不要跟她接触，尤其不要跟她离开这里。可是，父亲刚刚离开，德维就按捺不住心中想见公主的渴望，开始在木屋附近寻找起来，希望能见到公主的身影。

这几天，公主并没有离开，而是躲在木屋附近，一直偷偷观察父子俩的生活。当她看到德维的父亲终于离开，她便迫不及待地出现在德维面前。德维一见到她,高兴极了,紧紧地把她抱在怀里。随后,德维把公主带回家,拿出最好的食物给她,然后两个人又开始开心地嬉闹玩耍起来。

过了一会儿,公主郑重地向德维求助。她告诉德维,自己是安加王国的公主,她的国家正在遭受可怕的旱灾,急需一个身心纯洁的人来为他们带来雨水,而那个人就是德维。

"所以,我特意来寻找你,就是希望你能跟我一起去安加王国。"公主真诚地说,"只有你才能救那里正在受苦的人,请你现在就跟我走吧。"

德维听完公主的话,为难地说:"你说的我都明白了,可是我不能就这么一走了之,我要等父亲回来,把事情跟他说清楚后,再跟你一起去。"

公主觉得,德维的父亲之所以带着儿子到森林深处生活,肯定是不想再受到任何打扰,他是不会同意德维离开的。

"如果你现在跟我走,你就可以娶我为妻。"公主拉着德维的手,坚定地说,"我爱你,我也知道你爱我。我想和你幸福地生活在一起。现在,我们国家的人民需要你,请你现在就跟我走吧!我相信,等你带着荣誉和财富归来的时候,你的父亲会理解你的。到那个时候,我可以和你一起,更好地照顾你的父亲。求求你了,现在就跟我走吧!"

公主动情地诉说着,眼睛里闪烁出晶莹的泪光。德维看着

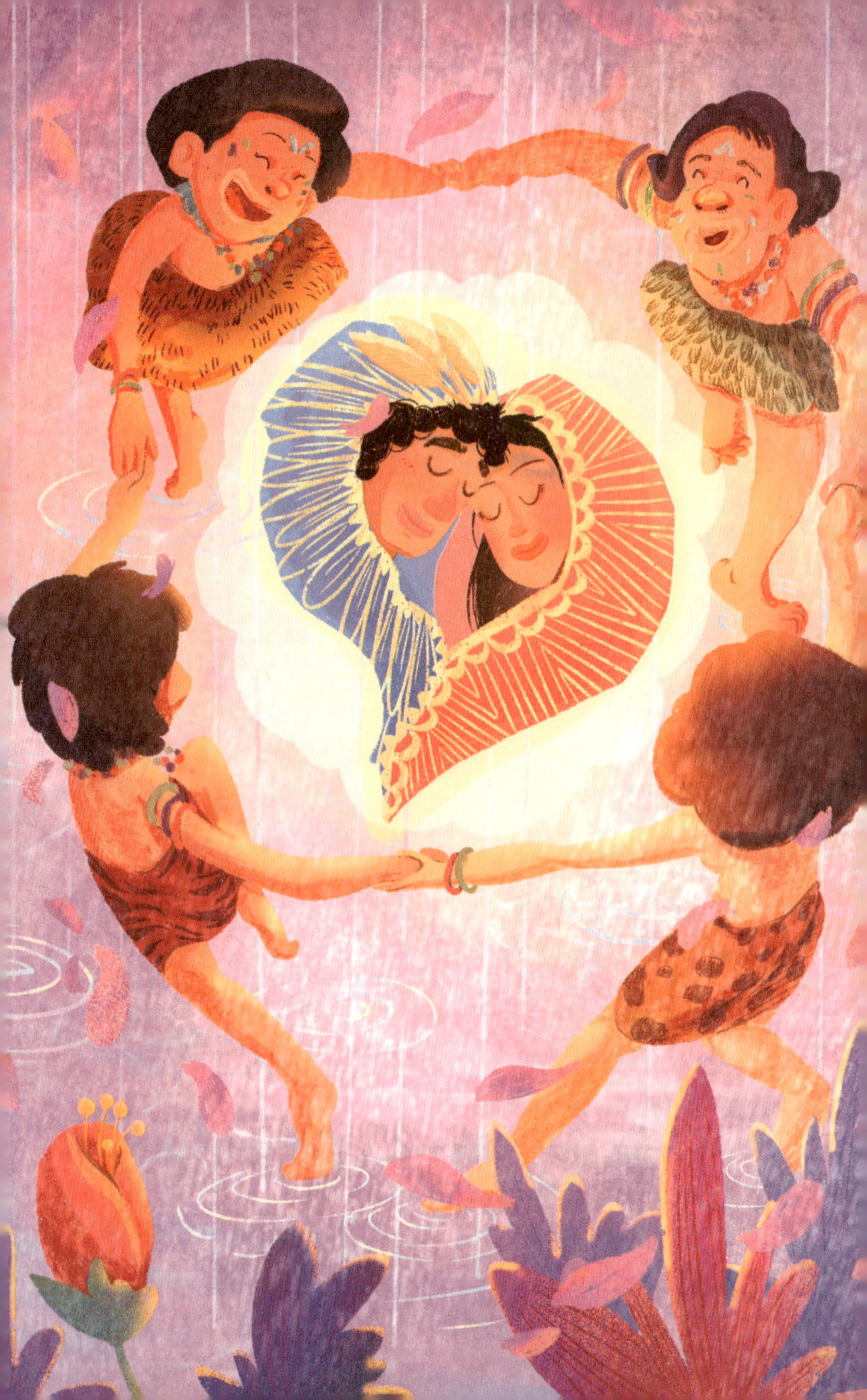

她，心都要融化了。他简单地收拾了一下行李，给父亲留下一封信，便跟着公主离开了。

神奇的事情果然发生了。当德维踏上安加王国的国土，便下起了大雨。晶莹的雨水从天而降，安加王国的百姓们全都从房子里奔跑出来，在大雨中互相拥抱，喜极而泣。他们在雨中手挽着手，唱起欢快的歌谣，跳起兴奋的舞蹈。

雨水越降越多，河水慢慢涨了起来，植物重新绿了起来，动物们也重新振作了起来。整个安加王国，重新恢复了以往的勃勃生机。国王看着眼前翻天覆地的变化，欣喜若狂，他知道，一定是女儿成功了，安加王国得救了！

国王决定好好感谢德维，他准备了很多金币，准备赏赐给他。不过，当国王看到女儿和德维凝视彼此的眼神时，顿时明白了一切，他决定成全这两个有情人，准许他们结为夫妻。国王心里非常高兴，因为他明白，作为身心如此纯洁的年轻人，德维无疑是最好的女婿人选。

国王为德维和公主举行了盛大的婚礼，整个安加王国都在庆祝，为这对新人送去祝福。国王派人前往森林深处，将德维的父亲接了过来。

当德维的父亲看到儿子和公主在一起幸福的样子时，也放下心中的执念，决定开始全新的生活。他拥抱了公主，为一对新人送去美好的祝福。德维带着他，一起住进国王为他们建造的房子，幸福地生活在一起。

从此以后，安加王国再也没有发生过干旱，每年都风调雨顺，逐渐成为非洲大地上一个富饶的国家。

老人的智慧

图拉艾拉王国的老国王去世了,继承王位的是老国王唯一的儿子姆布吉。

姆布吉是一个生性暴戾的人,从小就喜欢胡作非为,独揽大权之后,更加肆意妄为,把整个国家搞得乌烟瘴气。王国里的老臣们看不下去了,便极力劝谏,希望他能够做一个仁义的君王,别再做那些荒唐事。姆布吉表面上答应了这些老臣,内心深处却对他们痛恨不已。他觉得这些老人每天在自己耳边絮絮叨叨的,实在是讨厌极了。

一天夜里,姆布吉做了个梦,梦见整个王国的老人排成长长的队伍,一个接一个地跟他讲大道理,一个比一个讨厌,把他折磨得快要疯了。姆布吉醒来之后,觉得这个梦实在太可怕了，他绝不能让这样的场景出现。于是，他向全国颁布了一条恶毒的命令，要求全国的年轻人必须杀死自己的父母、祖父母、曾祖父母，总而言之，就是要杀死全国所有的老人！如果有谁违抗命令，那么不仅他家中的老人会被处死，他自己也会被一起处死。

全国的年轻人听到这个消息都震惊了，但他们又不敢违背国王的命令，只能强忍着悲痛去执行。很快，一个又一个家庭支离破碎，一个又一个老人倒在血泊里。所有的年轻人都执行了这个残暴的命令，只有一个人除外——他就是塔西。

塔西是一个非常孝顺的人，多年来一直和父亲相依为命，在接到国王的命令之后，他就下定决心，哪怕和父亲一起被处死，也不会去杀害自己的父亲。他把父亲藏在城外的一个山洞里，给父亲留下食物和水，然后悄悄回到城里，谎称自己的父亲已经死了。

姆布吉为了检验自己命令的执行情况，把年轻人都召集到王宫的广场上，大声问他们："你们执行我的命令了吗？所有的老人都死了吗？"

"是的，陛下。"年轻人们一边回答，一边默默流泪。

"非常好，这个国家终于变成了我想要的样子。"姆布吉说，"现在，我要你们去完成我的第二道命令。你们知道，我有一匹金色的御马，在全世界都是独一无二的。所以，我要给它配上一条独一无二的缰绳。现在，我命令你们，三天之内用最细的沙子给我做出一根马缰，如果做不出来，你们所有人都会被处死！"说完，姆布吉便得意扬扬地走了。

广场上所有的人都傻眼了，大家你看看我，我看看你，不知道该怎么办才好。马缰大家都见过，很多人都会编，可是要用细沙来编，怎么可能做到呢？这明显是不可能完成的任务，可一旦完不成，国王就会要所有人的性命，这该如何是好呢？很多人都不知所措，瑟瑟发抖地朝家中走去，感觉世界末日就要来了。

当天晚上，塔西悄悄地来到城外的山洞，给自己的父亲送饭。等父亲吃完之后，塔西叹了口气说："父亲，这次又大祸临头了，国王又发布了一条新的命令，这回他估计要杀死所有的年轻人了。"

父亲听完之后非常震惊，愤怒地说："陛下是疯了吗？当他杀光所有的臣民，他这个国王还有什么意义呢？他为什么要杀死所有的年轻人？"

塔西说："因为他要让我们完成一项根本不可能完成的任务。"

"什么任务？"

"他让我们用细沙做一条马缰，如果三天之内做不出来，就会杀掉所有人。"塔西说，"细沙怎么可能做成马缰呢？这明明是不可能完成的任务啊!"

"不,要解决这个问题,其实并不难。"父亲很快便想到了应对之策,他悄悄嘱咐了塔西一番,让他到时候按照他的交代去做,就能保全大家的性命。

三天之后,所有人又被召集到王宫的广场上,大家一个个满脸的绝望,因为直到现在,还没有一个人声称自己完成了国王的命令。

"我要的马缰,你们编好了吗?"国王姆布吉的声音如同晴天霹雳,突然在广场上炸响。

偌大的广场上一片沉默,所有人连大气都不敢出,大家仿佛都感知到了即将到来的命运。

"我数十下,要是再没有人回话,刽子手就开始动手了!"姆布吉的声音再次传来。

听到这样的话,塔西鼓起勇气站了出来,对姆布吉说:"尊敬的陛下,我有话说。"

"哦?难道你做出我的马缰了?"姆布吉好奇地问。

"非常抱歉,陛下!我没有做出您要的马缰,但我是有原因的。"塔西冷静地回答。

"你有什么原因?"

"我们所有人都非常尊重您和您的命令,只要您一声令下,我们必然会倾尽全力去完成。今天您要的马缰之所以没有做出来，是因为我们从来没有见过这样独一无二的马缰，请您把用细沙做出的旧马缰给我们一条吧，哪怕让我们看一眼也行，我们一定会参照旧马缰的样子，为您做出一条全新的独一无二的马缰。"

姆布吉当然拿不出用细沙做成的旧马缰，他沉默了片刻，从王座上站起身，冲众人挥了挥手说："好了，马缰就不要你们做了，你们都回去吧。明天，你们所有人都到这里来，我要颁布新的命令。"

广场上的众人都长出了一口气，大家纷纷围过来感谢塔西，要不是他机智的应答，大家今天肯定都没命了。

可是，国王姆布吉对大家的折磨并没有结束。第二天一早，大家又被召集到广场上，姆布吉又向他们发布了新的命令："我要你们为我建造一座独一无二的宫殿，这座宫殿要悬浮在天地之间，不能碰到地面，也不能碰到天空。我给你们七天的时间，如果你们完不成任务，所有人都会被处死！"

广场上又是一片哗然——天哪，这又是一个不可能完成的任务！

当天晚上，塔西像往常一样去给自己的父亲送饭，父亲看到他又开始愁眉不展，便询问原委。当父亲听说国王要建造一座悬浮的宫殿时，便微笑着宽慰塔西道："孩子，不用担心，我来教你应对的办法。"

第二天,塔西将大家都召集起来,告诉他们自己已经想到了应对之策。不过为了不引起国王的注意,他希望换一个人出面。最后,大家选定了所有年轻人中年龄最大的一个人,由他来代表大家向国王回话。

转眼七天过去了,大家又被召集到广场上。国王姆布吉在随从的陪同下耀武扬威地走了过来,开口便问道:"我要的宫殿你们建好了吗?"

那个被众人推举出来的人站了出来,对姆布吉说:"尊敬的陛下,我们已经准备好了所有的材料,随时可以开工。可是我们不知道宫殿应该建在哪里,请您在天地之间给我们划出一块地基吧,只要地基确定了,我们马上就能给您把这座悬浮的宫殿建好。"

姆布吉听到这样的回答,顿时哑口无言。他当然没办法悬空划出一块地基来,这样也就没法去建所谓的悬空的宫殿。他没想到众人居然还能想出这么机智的回答,有点恼羞成怒,当即又想出一个坏主意来为难大家:"明天中午,你们所有人都到这里来,记住,你们既不能站到阳光下,也不能站到阴影里。如果谁违反了我的命令,我会让刽子手立刻砍掉他的脑袋!"

当天晚上,塔西又一次去向自己的父亲求教。父亲听完国王的荒唐命令,笑着说:"别着急孩子,这一次更简单了。"

第二天中午,国王姆布吉来到广场上,本以为这一次会难倒众人，结果他看到了一个让他迷惑的场景——所有人头上都罩着一张渔网，站在阳光下。

姆布吉说："你们这是在干什么？你们这样做，不还是站在阳光下吗？"

大家回答："尊敬的陛下，请看，我们身上有渔网的阴影，我们不是在阳光下。"

"那你们就是站在阴影里了！"

"不，陛下，请看，我们身上还有阳光，我们没有在阴影里。"

这下姆布吉无话可说了，但他哪里肯轻易放过大家，很快又提出了新的要求："明天早上，你们所有人都到这里来。记住，你们既不能骑着动物，也不能站在地上。如果做不到，我照样要你们的性命！"

塔西离开广场，径直去找自己的父亲，向他寻求应对的办法。

第二天早上，当国王姆布吉来到广场上时，他看到了让人忍俊不禁的一幕——所有人都骑着一匹小马驹。小马驹只有不到半人高，大家虽然骑在马背上，两只脚却不得不搭在地面上。当小马驹往前走的时候，骑着它的人便不得不迈步跟着它往前走，看起来就像玩杂耍一般。

姆布吉忍不住哈哈大笑起来，他对众人说："哈哈，看看

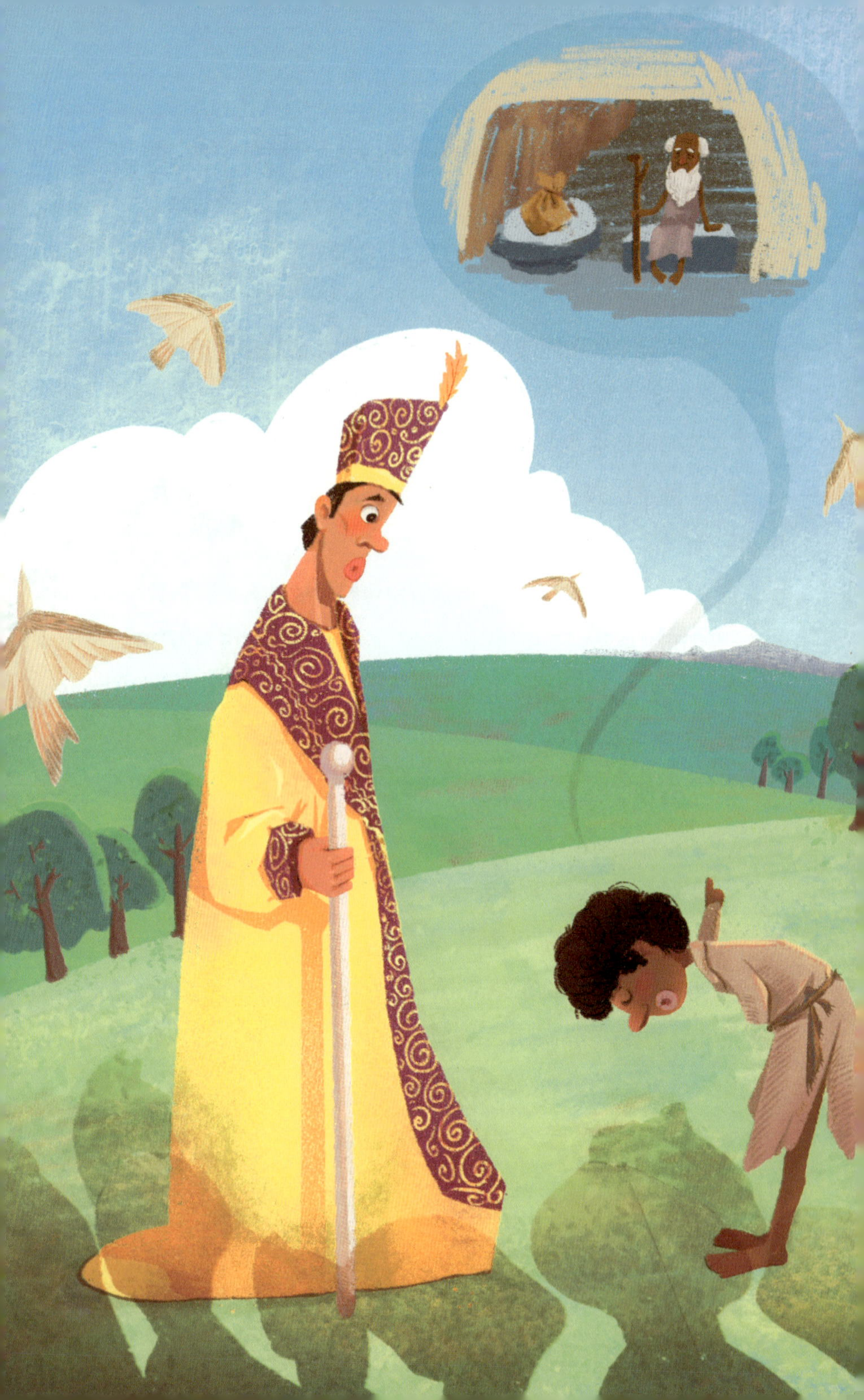

你们,都骑着小马驹,马驹难道就不是动物了吗?"

大家回答:"尊敬的陛下,您看,我们没有骑着动物,我们的两只脚都在地上呢。"

"那你们就是站在了地上!"

"不,陛下,请看,我们没站在地上,我们骑着马驹呢。"

姆布吉又一次觉得无话可说,但他马上又想到了一个新的主意:"明天早上,你们继续到这里来,我的要求都给我听好了——你们不能笑着来,也不能哭着来,面无表情也不行!谁只要违反了任何一点,我都会砍了他的脑袋!"

姆布吉的荒唐命令还是没有难住塔西的父亲,按照他的指点,第二天早上,所有人都把提前准备的洋葱汁涂到眼睛上,然后一边流着眼泪,一边哈哈大笑。当国王姆布吉看到这一幕的时候,也被逗得跟着笑了起来。他跟大家一起,越笑越厉害,眼泪都笑了出来。

经过这一次考验之后,姆布吉内心的暴戾消退了,整个人都变得平和起来。他知道,在这群年轻人身后,一定有一个绝顶聪明的人在为他们出谋划策,他问大家那个人究竟是谁,可是没有一个人敢回答他。

姆布吉只好发誓道:"我以祖先的名义起誓,绝对不会对那个人做出任何惩罚,请大家告诉我那个人是谁吧!"

所有人都把目光投向了塔西,塔西从人群中站了出来,对姆布吉说:"那个人是我的父亲,一个老人。"

姆布吉感慨地说:"其实我早就应该想到了,只有阅历够久的老人才会有这样的智慧。我现在终于明白了,一个国家如果没有老人的智慧来支撑,就像是在漆黑的夜晚赶路,只会失去方向,甚至走向灭亡。我要向你的父亲致敬,并请他来我的身边,做辅佐我的智者。"

广场上的年轻人发出阵阵欢呼,大家跟着塔西来到城外的山洞,把塔西的父亲高高举过头顶,向他表示最高的敬意。

从此以后,国王姆布吉承认了自己当初的荒唐和无知,改变了自己的言行,邀请阅历丰富的老人来到自己的身边,在做各种决定之前,都会先咨询老人的意见。在他的治理下,图拉艾拉王国一步步走向繁荣和富强。

这个有关老人的故事,在非洲大地上广为流传,与这个故事一同流传的还有一句话——在非洲,每一位老人的离世,就是一座图书馆的消失。

猪为什么要挖洞

大家都知道,猪在闲着没事的时候,总喜欢用他们的鼻子在地上拱来拱去,像是在寻找什么东西。这是为什么呢?据说,猪之所以这么做是有原因的,这一切要从很久以前的一个故事说起。

传说在很久以前,有一只甲鱼欠了一头猪很多钱,每当猪来找他要债的时候,他总是找各种理由推脱。这一天,猪又来找甲鱼要债了,刚到甲鱼的家门口,便听到里面一阵乱糟糟的声音。进去一看,猪发现甲鱼正坐在那里大声哀号。

"你这是怎么啦?"猪问。

"唉,我的老父亲去世了。"甲鱼一边哭一边说,"老爷子是个大好人,说没就没了,唉,我真是太难过了!"说完,甲鱼又发出一阵伤心欲绝的哭泣。

猪非常同情地对甲鱼说:"好吧,你还是多节哀吧。既然这样,我就不拿债务上的事情来烦你了,明天我再过来。"

猪回去之后,隐隐感觉到好像哪里不太对劲。第二天,他带上一个朋友,一起前往甲鱼家,希望在别人的见证下,甲鱼别再耍什么花样。

他们来到甲鱼家时,看到这次甲鱼家中很是平静,不再像昨天那么喧闹,甲鱼也安安静静地在那里坐着。

"你今天看上去好多了,我很高兴。"猪对甲鱼说,"今天我们可以好好算一算账了吧?要知道,你欠我的可真不是一笔小数目。"

甲鱼听完猪的话,脸上突然又挂满了哀伤,他用凄凉的语调对猪说:"今天我还是很难过,什么事都做不了。你知道吗?昨天你走了之后,又传来我岳母去世的消息。我已经把手上所有的钱都拿去给她料理后事了,现在一分钱都没有了。你只能再等一等了,也许明天情况就会好一点。"

对于甲鱼亲人的接连去世,猪已经充满疑虑了,但他决定再给甲鱼一次机会,心想明天他总不至于还说有亲人去世吧。于是,猪再次对甲鱼强调道:"明天我会再来,希望你做好准备,因为你必须要还给我一些钱了。"

第二天,猪又来了,这一次他带来了两个朋友。甲鱼的家中还是异常的安静，没等猪开口，甲鱼先说话了。

"亲爱的朋友，我真不知道该怎么跟你说才好。"甲鱼说，"请相信我，我非常想把钱尽快还给你。可是说来也奇怪，最近不知道怎么了，家里老是接二连三地有事情。就在昨天你走了之后，有人提醒我，今天是我祖母的百岁生日。你也知道，这是非常重要的日子，我必须给她老人家举办一场隆重的宴会才行。这不，我现在还要想办法筹钱呢。本来我现在应该在宴会上，但答应了你今天的到访，所以就特意在这里等你，跟你解释一下。现在，我不得不离开了，我们改天再说债务的事情吧。"

"哼，我明天还会再来的！"猪大声喊道，他现在已经怒火中烧了。他决定明天带更多的朋友过来，他不相信每一次甲鱼都能找到借口。

甲鱼现在也意识到了自己所处的窘境，因为他已找不到什么合适的借口了，但他一想到自己要还钱就更加痛苦。经过一番苦思冥想，他终于又想到了一个办法。

甲鱼叫来自己的大儿子，对他说："明天，你要假扮成一个医生，当猪过来找我的时候，你就说最近我受到了比较大的打击，病倒了，你建议我换个环境进行休养，所以我已经走了。这样猪天天过来找我也没用了，因为我不在家。"

"那你要去哪里呢？"甲鱼的大儿子问。

"我哪儿也不去,还是在家。当然,肯定不能让猪知道这一点。明天,在他过来之前,我会躲到壳里,你在我身上撒一些药草,这样我看上去就像一块磨石,而且就把我放到显眼的地方,猪怎么也不会想到我就在他眼皮子底下。我想,就算他和他的朋友把我们家搜个底朝天,也不会发现我。他们找不到我,就会灰溜溜地离开。"

"你这是在骗人,我不喜欢这样骗人。"甲鱼的大儿子说,"你早晚都要还人家钱。"

"那也要等以后再还——很久很久以后!"甲鱼瞪了大儿子一眼,厉声说道。

第二天,猪又准时来了。这一次,他带来了三个朋友。走进甲鱼的家,他看到甲鱼的家人都在各自忙碌着,甲鱼的小儿子正蹲在院子正中,用一块旧磨石研磨一些药草。扫视一周之后,并没有看到甲鱼的踪影。

"你的父亲呢?"猪问甲鱼的小儿子。

甲鱼的小儿子知道自己身旁的就是父亲,显得有些慌张。这时候,甲鱼的大儿子从房子里出来了,当然,他已经按照父亲的要求假扮成了一个医生。

"我是甲鱼先生的医生。"甲鱼的大儿子说,"甲鱼先生由于接连受到丧亲之痛的打击,病倒了,已经到外地疗养去了。"

甲鱼的小儿子听到大儿子的谎话,心里更慌了。他担心被对方看穿，连忙起身回房去了，把无人照看的"磨石"留在猪的面前。不过，狡猾的甲鱼还是保持着一动不动的姿态，他坚信自己的伪装天衣无缝，猪是不会发现他的。

猪此刻听完面前这位"医生"讲述的情况，知道甲鱼又找到了一个新的借口来应付他，他强压着怒火问道："既然这样，甲鱼什么时候才能回来呢？"

"这个嘛，我也没办法告诉你，得看他的病情。""医生"保持着平静的语调回答道。

猪此刻完全无法平静了，他气得火冒三丈，发疯般地想要宣泄自己的愤怒。他朝着自己第一眼看到的东西冲去，而这个东西恰巧就是他面前的"磨石"。他抓住那块"磨石"，用尽全力扔了出去。"磨石"飞过院墙，掉在外面的灌木丛里。

猪一屁股坐了下来，怒气冲冲地说："我不管那么多了，我要留在这里，等他回来，我的朋友们也会留下来！他找的借口已经够多了，我要是再相信他，就是个彻头彻尾的傻瓜！"

甲鱼的家人一下子傻眼了，不知道接下来该怎么办。这时候，被扔到灌木丛里的甲鱼悄悄从后门溜进了房子，把他的小儿子吓了一跳。

"嘘，别担心，"甲鱼说，"快去把你的哥哥叫过来，我想到摆脱他们的办法了。"

大儿子进来之后，甲鱼压低声音对两个儿子说："我现在想出了一个计划，接下来你们记住我说的话，一定要完全按照我说的做，这样我们就能彻底解决眼前的麻烦了。"

随后，甲鱼跟两个儿子交代了一番，然后又从后门溜了出去，一直走到大路上，跟遇到的人大声打着招呼，一路叫嚷着朝自己家的大门走去。

这时候，大儿子脱去医生的装扮，带着小儿子从房子里跑出来，大声喊道："哎呀，是我父亲的声音，他回来了！"

"哼，你还知道回来呀？！"猪看到甲鱼，愤愤不平地说。

"我当然要回来了。"甲鱼一脸镇定地说，"我昨天晚上病得太厉害了，忘了和你的约定。今天早上，我的病情好转了一点，想起你要过来，这不，我就马上赶回来了。我知道你已经来了很多次，今天无论如何都要把钱还给你。"

"很好，你这么说我很高兴。"猪点头道，"请把我的钱还给我吧，我们之间的债务两清，我马上就离开。"

"好的，没问题。"甲鱼说，"请稍等一下，我先问问我的儿子们今天早上都干什么了，你们有没有好好招待医生，还有你，那些药草有没有碾磨？"说最后一句话的时候，甲鱼把目光投向自己的小儿子。

"猪先生过来的时候，我正在磨药草呢。"甲鱼的小儿子回答道。

"那就好。"甲鱼说，"让我看看，你磨得怎么样——咦，磨石怎么不见了？"

"啊，猪先生扔掉了。"甲鱼的小儿子说，"刚才他很生气，把它扔到外面的灌木丛里了。"

"赶快把它找回来！"甲鱼命令道。

"我去找。"猪说。他有点懊悔刚才自己发那么大的脾气，现在他不想节外生枝，只想让甲鱼尽快还钱。于是，他小跑着来到外面的灌木丛，在刚才"磨石"落下的地方寻找起来。当然，那里连"磨石"的影子都没有。

"你找到那块磨石了吗？"甲鱼大声问。

"没有，"猪回答道，"它可能滚到其他地方去了。"

"天哪，你一定要找到它！"甲鱼惊慌失措地大喊，"那可是一块非常珍贵的石头！它是我们家的传家宝，在我的家族已经传了上百年，是无价之宝！"

"我们来帮你找。"猪的朋友们听完甲鱼的话，也一起寻找起来。他们在灌木丛里伸长鼻子，到处拱着寻找。结果呢，自然还是找不到。

在猪和他的朋友寻找的时候，甲鱼的情绪越来越激动，他用近乎崩溃的声音说："别告诉我你们找不到它，别告诉我它被别人捡走了，天哪！"

伴随着甲鱼痛哭的声音，几头猪在灌木丛里疯狂地寻找着。一直寻找了很长一段时间，他们最后不得不放弃了。猪来

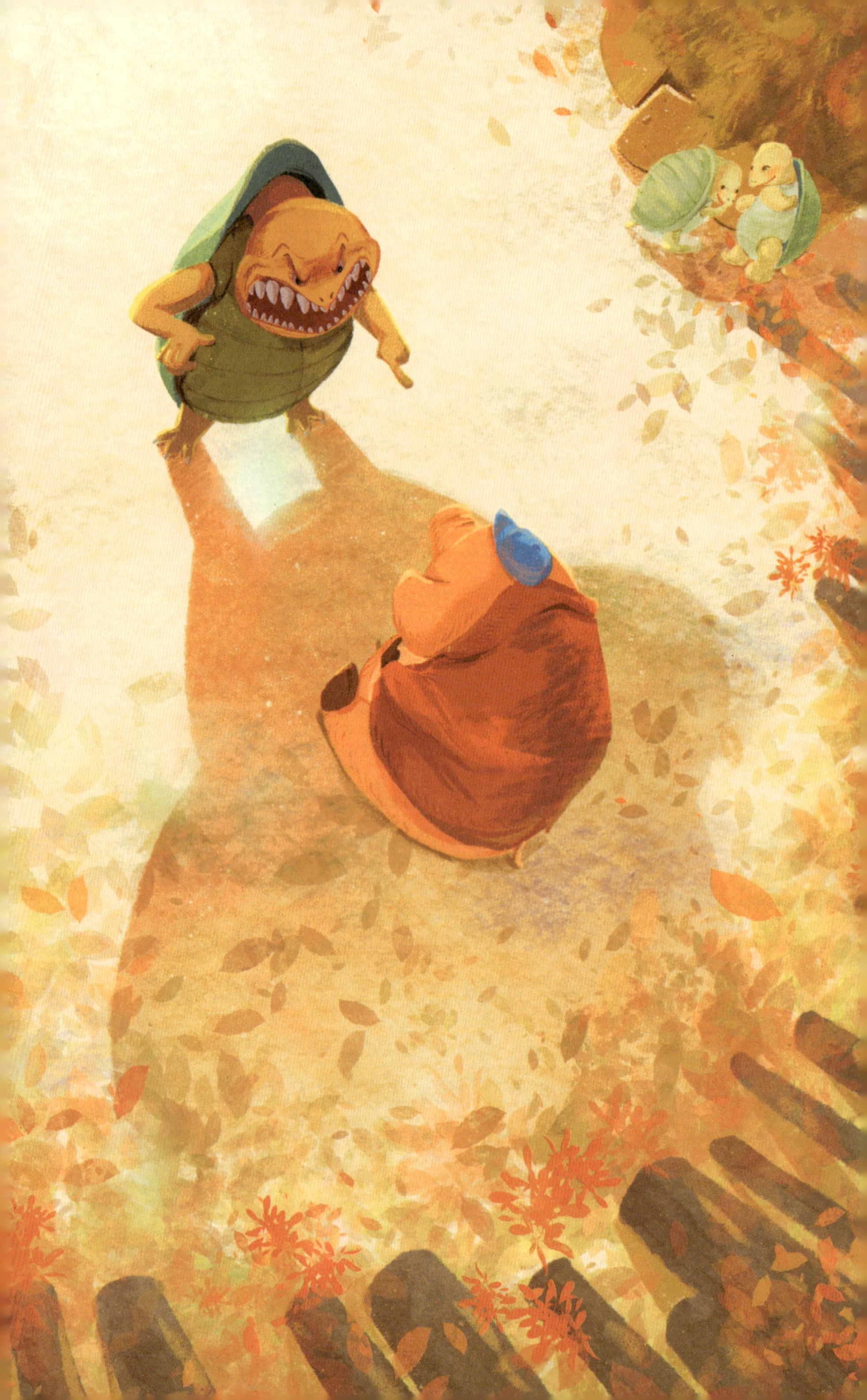

到甲鱼面前，脸上挂满了歉疚。

甲鱼瞪着猪，一边流着眼泪，一边叫嚷："你瞧瞧，你都干了些什么！早知如此，我前两天就把那笔愚蠢的欠款还给你了！现在，你们弄丢了我那块珍贵的磨石，它的价值远远超过那笔欠款的一百倍！你们必须给我找到那块磨石，我不管你们用什么办法，花多长时间，哪怕找到天涯海角，也要给我找到。在找到磨石之前，别指望我会还钱！"

可怜的猪还没有意识到这是甲鱼的一个骗局。他天真地以为，只要自己找到那块磨石，就能收回自己的债款。于是，他召集了所有的亲戚、朋友，一起帮忙寻找，然后让大家继续发动自己的亲友，共同寻找那块磨石。慢慢地，越来越多的猪加入了寻找的队伍。

直到今天，我们还能看到猪在地上拱来拱去，在泥土里不停地挖着、翻着，那是他们还在寻找那块消失的磨石。

最优秀的渔夫

在非洲西部的一些地方，水源充足，河流密布，人们大多靠打鱼为生。有两个兄弟从很远的地方来到这里，喜欢上了这里的生活，便决定安顿下来，跟周围人学着捕鱼为生。

不久之后，兄弟俩认识了附近的一个老人，并和他的女儿交上了朋友。那个女孩美丽又善良，干起活来也非常勤劳。慢慢地，兄弟俩都喜欢上了她，开始不断地向她坦露爱意。女孩很为难，不知道自己究竟应该嫁给谁。

"照我看，就嫁给打鱼打得最好的人吧。"女孩的祖母说，"既然你拿不定主意，不妨就用这个考验他们吧。在接下来的几个星期里，看看他们谁能捉到更多的鱼，我希望你能嫁给一个最优秀的渔夫。"

女孩认真考虑了这个建议，觉得不管怎么样，这个办法倒是能多给她一点时间，这样她就可以再仔细观察一下两个年轻人。因为在目前看来，他们兄弟俩都同样聪明和英俊，她实在难以做出选择。于是，她把祖母的想法告诉了父亲，由父亲告诉两个兄弟——他的女儿将嫁给那个打鱼打得最好的人。

两个兄弟都认为这个办法很公平，他们都表示会尽自己最大的努力去争取女孩的选择。第二天一早，兄弟俩便各自出发了。

中午时分，弟弟卡那先回来了，同时带回来不少的鱼。

"你打鱼回来了？"祖母问他。

"是的。"卡那回答道。

"那你能帮我劈点柴火吗？"

"当然可以。"卡那把鱼放下，便开始劈柴。劈完柴之后，他又帮忙干了其他几样活。

一直到天完全黑下来的时候，哥哥苏克才回来。他看上去很累，背后背着一个鼓鼓的袋子，看来他也捕获了不少的鱼。

"看来你整整忙活了一天嘛。"女孩的父亲说。

"是啊，我习惯这样了。"苏克说。

时间一天天过去，弟弟卡那每天都是捕到一袋子鱼之后就早早回来，而哥哥苏克呢，则要忙到很晚才回来，两个人捕到的鱼的数量倒是差不多。每天，在经过一天的劳作之后，苏克都显得疲惫不堪，卡那则始终一副精神抖擞的样子，还经常跟周围的人开开玩笑。

"哼，我其实现在就能看出来，他们谁才是更好的渔夫。"父亲对女儿说，"你看看卡那，每天只愿意在工作上花几个小时，有时候不到中午就跑回来了，他就像蝴蝶一样，根本没办法在一个地方长时间停留。再看看苏克，他既勤劳又踏实，他才是真正用心做事的人哪！"

"也不能这么说。"女儿不太同意父亲的观点，"卡那虽然回来得早，但他也帮了别人不少忙呀，而苏克呢，他只干了捕鱼的活儿。"

"这难道不应该吗？"父亲反问道，"我们让他们做的就是打鱼呀，苏克做的才是一个渔夫应该做的。"

"可是他捕的鱼并不比卡那多呀。"女儿还是不同意父亲的观点。

"那只是他的运气不好而已。"父亲说，"以他踏实的态度，早晚有一天会超过卡那，只是时间问题，不信你等着看吧。"

经过与父亲的争论，女儿感觉自己似乎有点更在意卡那。但卡那确实有点像父亲形容的那样，看上去有些浮躁甚至懒惰。于是，一天中午，在卡那像往常一样早早回来的时候，她决定找他谈一谈。

"你应该知道，我很希望你能够为了我，非常努力地去干活。"女孩对卡那说。

"我一直都在按照我的方式努力呀。"卡那说,"你总不至于希望我做些表面工作来骗你吧?"

"当然不是。可是你为什么不能多花一点时间,再多捕一点鱼呢?"

"我每天都是满载而归呀,你也看到了,我的袋子总是满满的。"

卡那的回答似乎让她无法反驳,可她还是觉得有些不满意。

"你知不知道,我父亲认为苏克是个比你优秀的渔夫。"她提醒道。

"你是怎么看的呢?"卡那说,"我更在意你的看法。"

"要我看,恐怕还真是这样!"说完,女孩伤心地跑开了。

傍晚时分,苏克回来了,看起来还是那么累,脸上还挂着一份愁苦。大家都觉得他肯定累坏了,连忙给他做饭,让他好好休息。再看卡那,这会儿正跟大家一起围着炉火唱歌跳舞呢。父亲看到这一幕,更加生气了。

"哼,我觉得考验可以结束了。"父亲对女儿说,"这才没几天工夫,我们就已经能看出谁才是最优秀的了。等今年秋收的时候,你就嫁给苏克吧!"

父亲的话让女儿既焦急又生气。她的内心告诉她,她并不想嫁给苏克，可是她又觉得卡那根本不在意自己。如果卡那真的想跟自己结婚，为什么不愿意更努力一点工作呢？只要他再多努力一点，就可以证明自己才是更优秀的渔夫呀！因此，她越想越生气。

"我也知道父亲是为我好。"她对祖母说，"可是一想到我要嫁给一个从早到晚都在工作、一回到家就一副筋疲力尽的样子的人，既不能聊天，也不能唱歌跳舞，就觉得实在没什么意思。"

"这么说，你是想嫁给卡那喽？"祖母微笑着问她。

"才不是呢！"女孩一下子红了脸，气鼓鼓地说，"他的样子看上去也很可笑！"

祖母看着孙女的样子，偷偷地笑了，没有再多说什么。第二天一早，当那两个兄弟像往常一样离开之后，祖母把孙女叫到跟前说："你为什么不去看看苏克呢？他每天都要在外面待上一整天，肯定很乏味，你过去陪陪他，他肯定会很高兴的，这样你也可以好好了解一下他。如果我是你，我会带点吃的悄悄去找他，给他一个惊喜。"

刚开始，女孩并不愿意去。不过，她又觉得自己每天被这两个兄弟的事情折磨得实在太闹心了，还是遵照祖母的意见去一趟吧。于是，她带了一些吃的，动身前往苏克捕鱼的地方。

天气很热，她在烈日下快速向前走，汗水流过她的脸颊，她都有点后悔出来了。不过，她不是一个喜欢半途而废的女孩，坚持着朝前走去。终于，她看到了苏克捕鱼的那条河，然后悄悄向河边走去。

河边并没有出现她想象中的忙碌的身影，苏克去哪儿了呢？她探着头寻找，突然惊讶地发现苏克正躺在一棵大树下休息，他的渔网在一旁的地上堆着，看样子还没开始工作。

"也许是苏克有点累了，想休息一下再工作。"她这样想着，也在旁边的树荫下坐了下来，她一边休息，一边暗中观察苏克。

几个小时过去了，她发现苏克一直没有起来。除了偶尔睁开眼打个哈欠，伸伸懒腰，看一看太阳，基本上没有动过。一直到太阳快落山的时候，他才站起来，拿起渔网开始捕鱼。女孩看到这里，什么也没说，转过身回去了。

当她回到家的时候，祖母问她："怎么样，是不是给了苏克一个惊喜？"

"我根本没有靠近他，等会儿他回来了，您什么也别说。"她叮嘱祖母道。

过了一会儿，苏克回来了，跟往常一样，带回来一些鱼，看上去很疲惫。此时，卡那已经回来好几个小时了，他一直在帮忙干一些杂活。

"你今天是不是又不怎么顺利呀？"女孩问苏克。

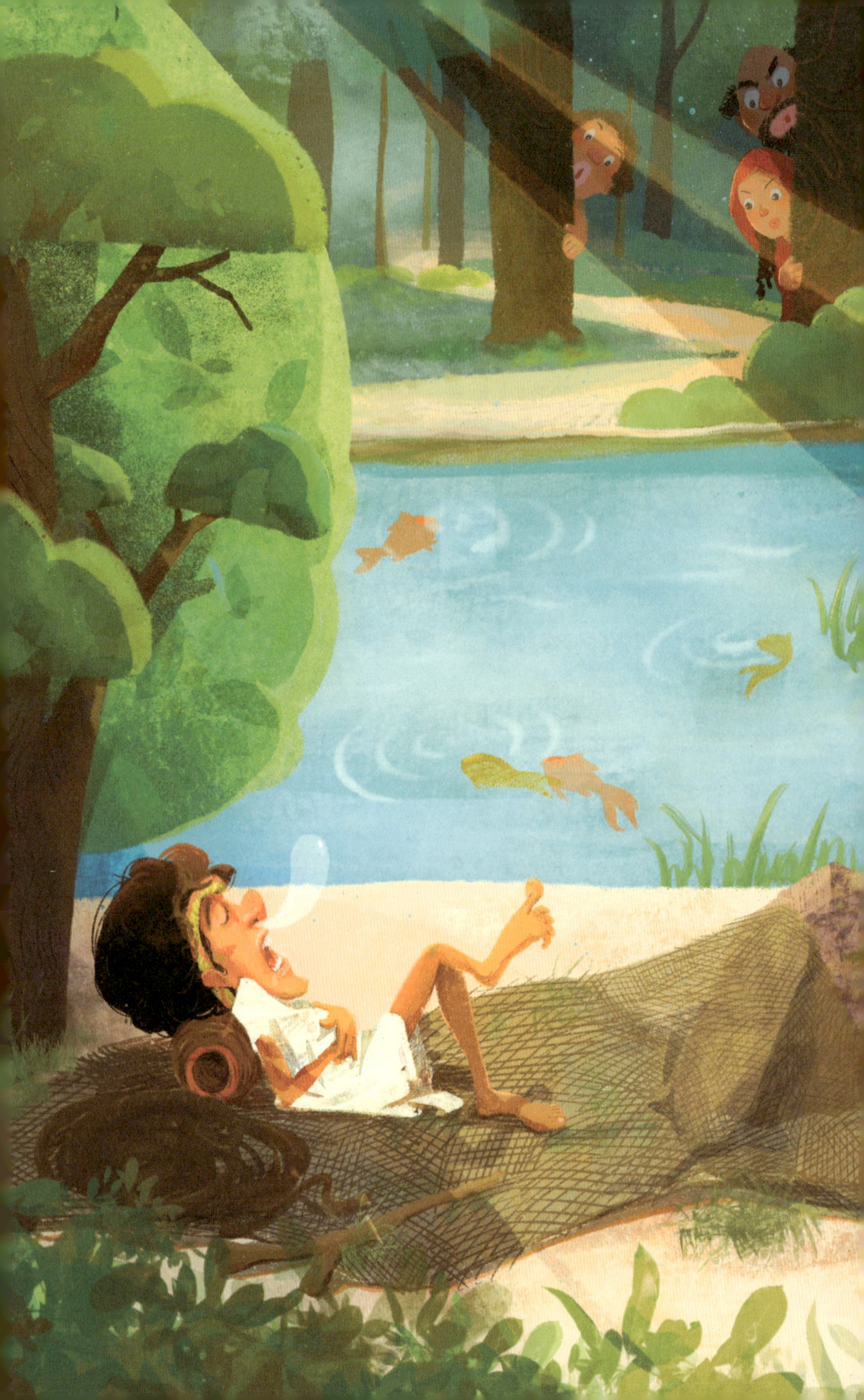

"是啊，"苏克点点头说，"渔夫的工作可真不容易，我可没有卡那那样的好运气。"

"是运气的缘故吗？"女孩反问一句，不再多说什么，转身离开了。

第二天，女孩跟祖母说，她准备再去看一看苏克。她跟昨天一样，带了一些吃的便离开了。当她再一次来到河边时，发现苏克还是躺在树下睡觉，他的渔网还是空空如也地堆在旁边的空地上。

女孩非常生气，转身回到家里，把祖母和父亲都叫到面前，向他们揭露了苏克懒惰而又虚伪的真面目。

父亲听完她的讲述，并不愿意相信，他认为苏克这么做肯定有他的原因。

"我也希望是这样。"女儿说，"所以我今天又去确认了一下。"

"也许是他这两天身体不舒服。"父亲还在为苏克找理由。

"是吗？那对于一个身体不舒服的人来说，他晚饭吃得可够多的。"女儿说，"你们都跟我来吧，只有你们亲眼看一看，才能自己做出判断！"

于是，在女孩的带领下，父亲和祖母一起来到河边，他们悄悄躲在灌木丛里，伸出头去看苏克正在做什么。果然，跟女孩说的一样，苏克正躺在大树下呼呼大睡，旁边堆着他空空的渔网。

"看到了吗?"女孩说,"我说的没错吧!"

"男人有权利休息。"父亲还在为苏克辩解。

"那你们就继续往下看吧,他可以从早上一直休息到太阳落山。"

说着,女孩让父亲和祖母都在树荫下坐下来,让他们慢慢等待,慢慢观察。每当他们要打瞌睡的时候,女孩就会唤醒他们,让他们去看苏克。就这样过了好几个小时,苏克看了看快落山的太阳,终于站起来,拿起渔网开始工作了。他撒了几网,运气还挺好,每一网都有不少鱼,很快袋子便满了。他似乎嫌鱼有点多,便把一些鱼又扔到了河里。然后背着渔网和袋子,迈着慢悠悠的步子往回走去。

女孩和父亲、祖母抄了近道,比苏克早一步回到家里。他们刚在炉火旁坐下,苏克便回来了,脸上又是说不出的疲惫。

"苏克,你能帮我拿些生火的木柴吗?"祖母故意问他。

"唉,我实在是累坏了,还是让卡那去拿吧。"苏克一屁股坐在凳子上说。

"柴火拿来啦。"卡那哼着小曲跑了过来,把一捆木柴堆到地上。

祖母和父亲看了看卡那,又看了看苏克,什么话都没说。

吃完晚饭,苏克和卡那都准备离开的时候,女孩的父亲拦住了他们，告诉他们自己有话要说。

"你们两个兄弟已经忙活不少天了，我觉得我已经有了答案，我现在要宣布我女儿的婚事了。"

苏克笑了，他有点得意地看了自己的弟弟一眼，然后又装出一副十分谦虚的样子说："我知道这对您来说是一个艰难的决定。我也知道，我的弟弟工作有些不踏实，其实他比我聪明，就是还太年轻。我知道自己不是个聪明人，但我懂得坚持，不管用多长时间，我都会坚持把工作做完、做好。"

"骗子！"女孩听完苏克的话，愤怒地大喊起来。

"什么意思？"苏克一副吃惊的样子。

"意思就是，无论如何，我都不会嫁给你！"女孩叫道，"你不仅懒，还是个骗子！你还不知道吧，昨天和今天，我都去看你了！"

"为了给你一个惊喜。"祖母眨了眨眼睛，俏皮地说。

"结果呢，我倒是收到了不小的'惊喜'！"女孩瞪了一眼苏克，继续说，"我看到的是，你在大树下睡了整整一天，直到太阳快落山了才爬起来工作。然后呢，你回到我们这里，还假装成天底下最累的人。"

"你怎么能这么说我呢！"苏克睁大眼睛，装出一副无辜的样子，"要是你的父亲和祖母也相信你的说法的话，那就太可怕了，我希望他们明天亲自去看一看。"

"事实上,我们已经看过啦。"祖母插话道,"就在今天,我们全都去看了!"

苏克听到这话,一下子泄了气,再也说不出话来。父亲当场宣布,卡那才是自己的女婿的最佳人选。

很快,在家人和亲友的祝福下,一对新人走入了婚姻的殿堂。苏克呢,大家看清了他的真面目,没有人再愿意搭理他,他只得灰溜溜地离开了这里。

从此以后,人们每每讲起苏克的故事,都会加上一句话:"那些看上去每天忙忙碌碌的人,并不一定是工作最努力的。"

曼丁之狮

一

在几百年以前的非洲大地上，曾经有一个盛极一时的国家——马里帝国，也被人称为曼丁帝国。松迪亚塔是曼丁帝国的缔造者，他带领人民抗击外敌的入侵，一步步建立起强大的帝国，因为他不朽的功绩，人们尊称他为"曼丁之狮"。说起松迪亚塔传奇的一生，要从他的出生开始讲起。

松迪亚塔的父亲是国王纳雷·马根。有一天，纳雷·马根得到一个先知的预言，预言说他的一个儿子将会成为伟大的领袖，带领整个王国开疆拓土，最终建立一个伟大的帝国。但要想让这个预言成真，纳雷·马根国王必须娶一个奇丑无比的女人为妻，只有这样才能生育出那个可以比肩亚历山大大帝的孩子。

纳雷·马根遵照先知的指示，娶了丑陋的女子松克隆·凯珠为妻。纳雷·马根的这个做法，引起了他现有的妻子——王后萨苏玛·蓓蕾的强烈不满，她极力反对这场婚姻，但于事无补，松克隆·凯珠不仅成为纳雷·马根的第二个妻子，还很快为他生下了一个儿子，这个孩子便是松迪亚塔。

松迪亚塔的出生，让萨苏玛·蓓蕾寝食难安。她知道，按照先知的预言，纳雷·马根一定会把王位传给松迪亚塔，而不会给她那个已经八岁的儿子——丹卡朗·图曼王子。而且，尽管松克隆·凯珠面容丑陋，纳雷·马根对她却非常宠爱，每次出征归来，都会给她送去最好的战利品，这就更加加深了萨苏玛·蓓蕾的嫉妒。在嫉妒之火的驱使下，萨苏玛·蓓蕾暗中召集全国最有名的巫师，想让他们设法害死松克隆母子。可巫师们告诉她，在王宫的屋顶上，有三只猫头鹰一直在保护着松克隆，使得他们无法靠近一步。

日子一天天过去，松迪亚塔慢慢长大了。奇怪的是，直到七岁，他还不会走路，他的两条腿就像断了一样瘫在地上。国王纳雷·马根对此忧心忡忡，他看着眼前这个瘫痪在地上的孩子，担心松迪亚塔不能像预言中所说的那样，承担起领导整个王国的重任。

不久之后，纳雷·马根便在忧虑中去世了。虽然他在临死之时将王位传给了松迪亚塔，但是在王后萨苏玛·蓓蕾的秘密操控下，元老会议改立丹卡朗·图曼王子为国王，萨苏玛·蓓蕾则顺理成章地成了太后。萨苏玛·蓓蕾母子掌权之后，做的第一件事就是把松克隆母子逐出王宫。

松克隆一共有三个孩子，她带着他们离开王宫，住进一间堆放杂物的破房子里。即便如此，萨苏玛·蓓蕾还不肯放过他们，想尽各种办法来羞辱、迫害松克隆母子。这个狠毒的太后不仅恶语中伤，还煽动百姓去围观那个七岁还在地上乱爬的孩子，让大家去见识一下那个所谓的神灵的宠儿——一个连走路都不会的人。

面对人们越来越多的冷嘲热讽，松克隆不堪辱骂，也觉得自己的儿子太不争气，便伸手打了松迪亚塔几下，并对他哭泣道："我的儿子呀，如果你真是天选之人，就请勇敢地站起来吧，像个雄狮一样站立在大地上！"

松迪亚塔听到母亲的话，怒目圆睁，发出一声震天动地的吼叫，然后猛然用力，果真站了起来。刚开始，他的双腿还像触电一样不停地发抖，但没过多久，他便习惯了站立，开始在大地上奔跑起来。

站立起来的松迪亚塔，很快就散发出过人的魅力和领袖气质。他不仅身手敏捷、勇敢坚毅，还对人和善，侠肝义胆。慢

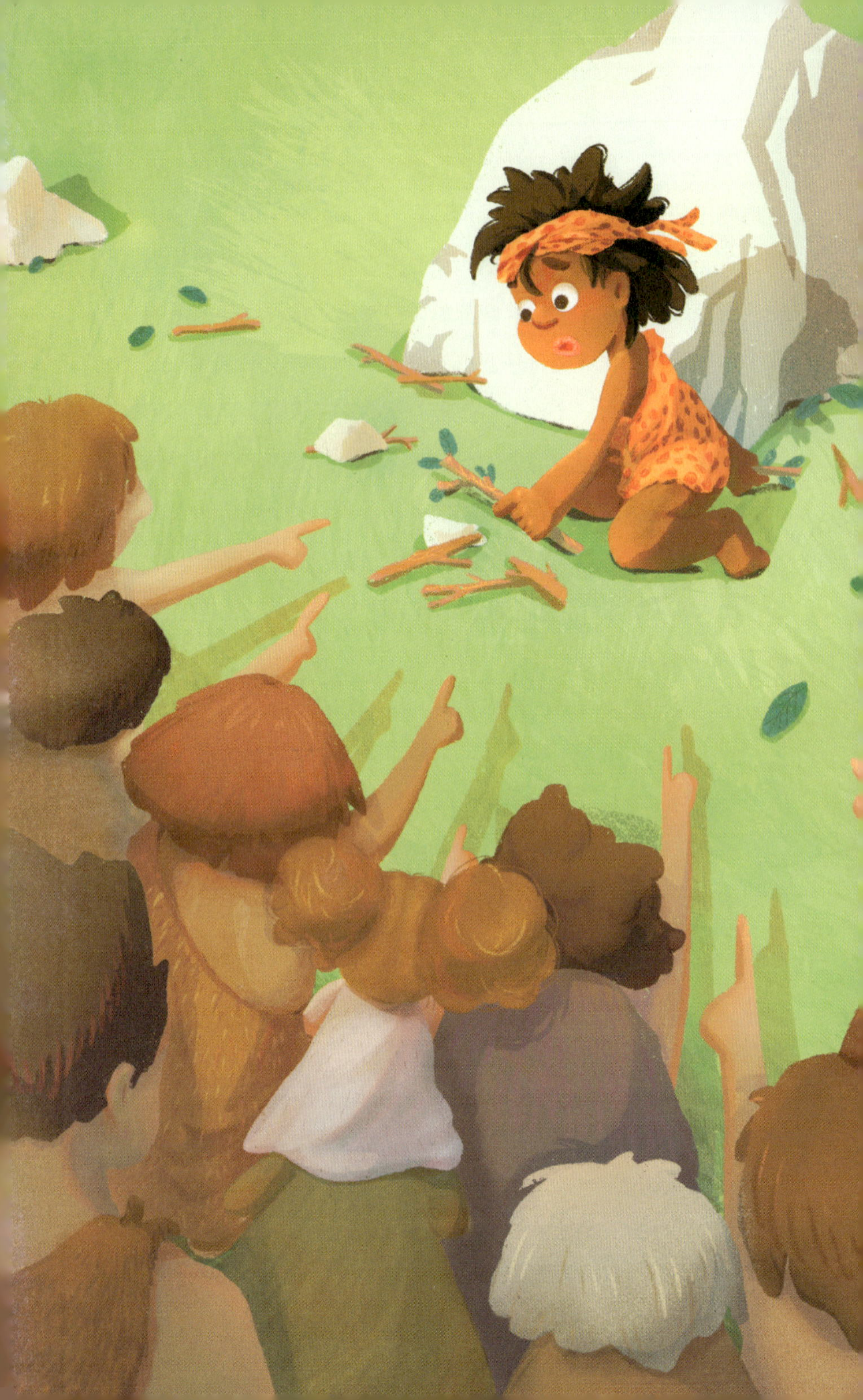

慢地，有越来越多的人聚集在他周围，愿意听从他的调遣，这让萨苏玛·蓓蕾又感到了不安，她决定要除掉这个隐患。

萨苏玛·蓓蕾召集了曼丁王国里最厉害的九个巫婆，对她们说："只要你们能够让松迪亚塔从这个世界上消失，我将会给你们丰厚的奖赏。"

巫婆们说："尊敬的太后，凡事有因才有果，你让我们除掉松迪亚塔，我们需要一个合适的理由才可以，否则上天会惩罚我们的。"

萨苏玛·蓓蕾说："松迪亚塔是我们国家的灾星，除掉他本来就是你们的分内之事。既然你们想要理由，那我就帮你们找一个。明天，你们到松克隆的菜园里去，假装要摘一些蔬菜。松迪亚塔发现你们之后，肯定会狠狠地揍你们一顿。一旦他揍了你们，你们就可以用巫术报复他了。这个理由可以了吧？"

第二天，松迪亚塔像往常一样和伙伴们前往丛林里打猎，这次他们收获颇丰，整整打到了十头大象。回来的时候，松迪亚塔习惯性地去了一下菜园，看到九个老太婆正在偷菜。老太婆看到松迪亚塔过来了，便装出要逃跑的样子，松迪亚塔连忙高声喊道："老婆婆，不要走，这个菜园本来就是大家的。"

说着，松迪亚塔招呼自己的伙伴，给几个巫婆摘了不少菜，把她们的口袋都装满了，还对她们说："以后如果想吃菜，尽管来取，不要有什么顾虑。"

巫婆们都觉得很惭愧，她们对松迪亚塔说："我们不是来偷菜的，实际上，我们是被太后派来找你麻烦的。你真是一个好人，松迪亚塔，请原谅我们吧！"

松迪亚塔不以为然地笑了笑，说："没事，我不会在意的。刚好，今天我和同伴猎到了十头大象，送给你们每人一头吧。"

巫婆们一个个都非常感动，她们发誓，以后不仅不会伤害松迪亚塔，还会保护他。

二

松克隆听说巫婆的事情之后，知道萨苏玛·蓓蕾又开始了新一轮的报复。以她对这位太后的了解，她深知这个狠毒的女人绝不会轻易收手，一定还会使出更阴险的招数。于是，她把几个孩子叫到跟前，对他们说："我们离开这里吧，看来萨苏玛·蓓蕾是不准备给我们留活路了。松迪亚塔，我知道你很勇敢，可是你也无法时刻保护所有的家人，别忘了你还有两个妹妹。我们先暂时离开这里，等你长大之后，你再回来，因为你的命运在曼丁王国。"

就这样，松克隆带着孩子们离开了曼丁王国，跟他们一起离开的还有曼丁·波里，他是老国王纳雷·马根第三个妻子的孩子，也就是松迪亚塔的同父异母的弟弟。他们一路辗转流浪，去了很多地方，度过了好几个年头。他们曾经身穿华服出入他国的王宫，也曾满身尘土、狼狈不堪地被人拒之门外。有人收到曼丁王国太后萨苏玛·蓓蕾的钱财，想要松迪亚塔的性命，比如捷德巴城的国王曼萨·孔孔；有人愿意把松迪亚塔当作兄弟，愿意在将来他需要的时刻倾尽全力帮助他，比如太蓬王国的王子法朗·卡马拉。想伤害松迪亚塔的，都被松迪亚塔用机智和勇敢一一化解；愿意跟松迪亚塔做朋友和兄弟的，松迪亚塔都把他们铭记于心。

这一年，松迪亚塔带着生病的母亲和弟弟、妹妹来到麦马王国。整个麦马王国依河而建，空气清新而湿润，有利于松克隆身体的恢复。

麦马王国的国王叫东卡拉，他对松克隆母子的到来表示了热烈的欢迎。东卡拉没有儿子，当他第一眼看到松迪亚塔的时候，就喜欢上了这个孩子。他拉着松迪亚塔的手说："在命运的安排下，你来到了麦马，我将把我毕生的武艺传授给你，让你成为一个伟大的战士。"

从这一天开始，松迪亚塔每天都陪伴在东卡拉国王身边。他不仅武艺高超，还有着过人的智慧，无论人们遇到什么样的难题，都能在他那里找到答案。

三年之后，松迪亚塔被东卡拉国王封为副王，当国王不在的时候，松迪亚塔可以执掌国事。这一年，松迪亚塔已经十八岁了，他已经成长为一个智勇双全的勇士。他的弓箭没有人能拉得开，他说的话没有人敢不听从。他用自己的力量和智慧，赢得了所有士兵的拥护和爱戴。在大家的心目中，已经有了一个心照不宣的共识——由于东卡拉国王没有儿子，在他去世之后，肯定会由松迪亚塔来继承王位。

突然有一天，远方的曼丁王国发生了灾难——王国遭到了入侵。入侵者是索索国国王苏毛罗·康坦，他是一个残暴又好战的人，当他率领大军长驱直入的时候，曼丁王国的国王丹卡朗·图曼惊慌失措，几乎没做任何抵抗就选择了投降。丹卡朗·图曼还把自己的妹妹娜娜·特里班送给苏毛罗，用来向对方示好。

虽然国王选择了投降，但曼丁王国还有许许多多的勇士选择继续抗争。他们在丛林里聚集，准备联合起来推翻苏毛罗的统治。可是，大家都是一股股的散兵游勇，缺少一个强有力的领袖。大家纷纷向先知请教，应该找谁来做领导者，曼丁王国究竟还有没有希望。先知们都不约而同地提到了很多年前的那个预言，那个早就被上天选中的人，只有他回到曼丁，才能给这个国家带来重生的希望。

直到此时，人们才重新想起松克隆的儿子，那个名叫松迪亚塔的人。可是，他们已经离开了很多年，整个曼丁王国都没有人知道他们去了哪里。于是,一支专门组建的队伍出发了,他们的目的就是找到松迪亚塔,请他回来拯救曼丁王国。

三

此时,松迪亚塔还在麦马王国。这一天,松迪亚塔的大妹妹珂珑康带着女仆去市场买菜,看到一个摆摊的女人在卖猴面包树叶。要知道,用猴面包树叶做调料是曼丁王国才有的习惯,因此珂珑康很是好奇,便上前攀谈。结果,这个女人就是从曼丁王国来的,而且她是前来寻找松迪亚塔的那支队伍的成员。在来到麦马王国之前,他们已经辗转奔波了很多地方,当她得知松迪亚塔就在麦马王国时,激动得流下了热泪。

来自曼丁王国的使者终于见到了松迪亚塔,他们跪倒在松迪亚塔脚下,动情地说:"曼丁王国正遭受着索索国国王苏毛罗的摧残,人民处在水深火热之中。遵照神明的指引,我们找到了您——曼丁的国王,松迪亚塔!请接受我们的致敬!现在,请您返回您的祖国吧,祖先遗留的王位正等待您去继承,整个王国的百姓正等待您去拯救!"

听完使者们的话,松迪亚塔浑身都在颤抖,祖国的灾难让他感同身受。他握紧拳头,对使者们说:"祖国有难,我义不容辞。我现在就向麦马国王东卡拉辞行，然后马上回曼丁！"

松迪亚塔来到东卡拉国王面前，向他说明情况，表达了辞行的请求。面对松迪亚塔突如其来的告别，东卡拉有点猝不及防。但他知道了具体情况后，最初的不快消失了，转而对松迪亚塔表示支持，毕竟他一直视松迪亚塔为自己的儿子。

东卡拉国王让松迪亚塔带走了自己一半的军队，包括松迪亚塔一手训练出来的一支骑兵。众多将领和士兵都自告奋勇地站出来，愿意跟随松迪亚塔前往曼丁王国。在回去的路上，包括太蓬王国的王子法朗·卡马拉在内的很多国家的首领都闻讯赶来，他们有的是基于兄弟般的情谊来帮助松迪亚塔，有的则是由于自己的国家同样饱受苏毛罗的欺凌。他们带着自己的士兵加入松迪亚塔的队伍，抗击苏毛罗的力量越来越壮大。

与此同时，苏毛罗也得知了松迪亚塔集结军队前来夺回曼丁的消息。他身边的部下建议他主动出击，以攻为守。但被胜利冲昏头脑的苏毛罗根本没把松迪亚塔放在眼里，他觉得对付一个毛头小子根本不需要自己出马，让自己的儿子索索·巴拉前去就足够了。

索索·巴拉与松迪亚塔年纪相仿，已经跟随父亲征战多年。他率领一支军队，拦在松迪亚塔的必经之路上。为了一举打败松迪亚塔，索索·巴黎在一个山谷里布下埋伏，把士兵部署在山谷两边的高地上，只等着松迪亚塔前来自投罗网。

松迪亚塔一边率军前行，一边派出侦察兵探路。很快，前方山谷的异动引起了侦察兵的警觉，他们向松迪亚塔做了报告。松迪亚塔让队伍在山谷前暂时停下，亲自去前方探看。这时，天色已晚，将领们都建议先休息一晚，等天亮之后再向山谷中的敌人发起进攻。但是松迪亚塔果断地做出决定，命令所有人马上行动，立即向山谷发起进攻。

随着震天的战鼓声响起，成千上万的士兵在松迪亚塔的率领下闪电一般冲向山谷。此时索索·巴拉的士兵都还在休息，他们刚刚部署完毕，一个个疲惫不堪，依照他们掌握的松迪亚塔部队的动向，大家都认为明天才会开战。结果，松迪亚塔的部队突然到来，犹如从天而降，打得他们措手不及。松迪亚塔在战场上一马当先，如入无人之境，所有与他过招的敌人都完全不是对手。他就像是一位战神，让看到他的敌人闻风丧胆。

松迪亚塔在敌人的阵营中搜寻索索·巴拉，看到他之后，便如同一头雄狮一般猛扑过去。索索·巴拉跟松迪亚塔只交手了一个回合，便自知不敌，仓皇地逃走了。一看自己的将领已经落荒而逃，索索国的士兵们自然无心恋战，纷纷四散溃逃。松迪亚塔率军乘胜追击，一直追到天色完全黑下来才结束。这是一场大胜，他们俘虏了很多敌人，收获了无数的战利品。

首战告捷的消息如同草原上的野火，迅速在曼丁王国的大地上蔓延，给在苦难中挣扎的曼丁人民送去了希望，鼓舞了他们的斗志。与此同时，经过这场战斗，苏毛罗对松迪亚塔再也不敢轻视，他决定亲自率领主力大军，向松迪亚塔逼近，要与他决一死战。

四

终于，松迪亚塔和苏毛罗的大军正面交锋了，两军交战的地点在内古波利亚山谷。

苏毛罗原本想把松迪亚塔引到平原地带交战，这样可以发挥自己兵力比松迪亚塔强大的优势。然而，松迪亚塔并不给他这样的机会，继续采用闪电战的策略，迅速出击，使得苏毛罗不得不在内古波利亚山谷迎战。

不过，苏毛罗还是抢先占到了先机，他让骑兵占据了山谷两侧的高地，主力部队则密密麻麻地分布在山谷各处。苏毛罗站在山脊的制高点上，居高临下地观察下方的战局。他身形魁梧高大，戴着一顶特制的战盔，上面插满了牛角。他看到松迪亚塔的部队正快速向山谷移动，气势如虹。而且，松迪亚塔排兵布阵的方式让他觉得有些奇特——冲在第一线的是骑兵，紧随其后的是弓箭手。

就在苏毛罗还在思考松迪亚塔的用意时，对方的进攻已经开始了。一时间,战鼓阵阵,战马嘶鸣,喊杀声响彻云霄。松迪亚塔的骑兵犹如一把利剑,迅速劈开苏毛罗的步兵阵营。随后,骑兵拉长阵型,向山谷两侧扩散,犹如一个巨大的纺锤。这时,弓箭手快速进入纺锤内部,在骑兵的掩护下向两侧的高地发射出铺天盖地的利箭。箭镞如暴雨一般袭来,把高地上苏毛罗的骑兵射得人仰马翻,伤亡惨重。

松迪亚塔犹如猛狮出笼,在战场上所向披靡。很快,他在人群中看到了索索·巴拉的身影,便直冲过去,举起长矛便刺,索索·巴拉根本招架不住松迪亚塔的攻击,腰部受伤,鲜血直流。苏毛罗看到儿子性命危急,连忙大喊一声,从山脊上冲了下来。

松迪亚塔终于见到了苏毛罗,仇人见面分外眼红,他二话不说,扔下索索·巴拉,直接向苏毛罗冲去。两人胯下的战马嘶鸣着,翻卷起漫天的沙尘,彼此的距离越来越近。

松迪亚塔集中所有的斗志和力量,举起手中的长矛,用力地向苏毛罗刺去。只听见砰的一声,长矛刺中苏毛罗的胸口,但仿佛刺在岩石上一般,根本刺不进去。松迪亚塔又举起弓箭,回身向苏毛罗射去。要知道,松迪亚塔的弓箭,连大树都能射穿。可那支箭射到苏毛罗身上,就像射到了石头,连皮毛都没有伤到。

松迪亚塔掉转马身,举起长矛再次向苏毛罗冲去,想要继续刺杀。就在这时,他惊讶地发现,苏毛罗突然不见了,活生生地从眼前消失了。

正在寻找的时候,松迪亚塔的弟弟曼丁·波里跑了过来,指着远处的一个山头,说:"快看,他在那里!"

果然,苏毛罗此刻正站在远处的山脊上。松迪亚塔非常疑惑,明明他前一刻还在山谷,下一刻怎么就出现在山脊上了呢?这其中一定有古怪。

尽管苏毛罗身上隐藏着巫术,可他的军队还是被打败了。他的士兵死伤无数,剩下的要么逃之夭夭,要么束手就擒。最后,苏毛罗也从战场上逃走了。

这一次,松迪亚塔又取得了一场大胜,可他并没有丝毫的兴奋,反而疑虑重重。他发现苏毛罗比他想象中的更难对付,如果破解不了他身上的巫术,就很难打败他,那样的话,这场战争将不知道何时才能真正结束。

这一次胜利,极大地鼓舞了曼丁王国的人民,包括其他国家反抗苏毛罗的人们,也全都闻讯赶来,集结在西比平原上,大家都愿意听从松迪亚塔的号令,与苏毛罗决一死战。与此同时,苏毛罗回到索索国之后,也开始重新集结力量,准备向曼丁王国发起新的进攻。

又一场大战即将来临,松迪亚塔遵照先知所言,在西比平原上进行了祭祀。祭祀结束后,有人向松迪亚塔禀报,有个女孩想要见他，说是他的亲人。

　　松迪亚塔见到那个女孩之后，又惊又喜。原来，来找他的是他的妹妹娜娜·特里班，她虽然是萨苏玛·蓓蕾的女儿，但跟她的母亲不一样，从小就对松迪亚塔非常同情，没少照顾他。后来，她被哥哥丹卡朗·图曼送给了苏毛罗，成了他的妻子。得到苏毛罗的宠爱之后，她逐渐取得了他的信任。如今，她听说松迪亚塔正在与苏毛罗决战，便伺机逃了出来。同时，她还告诉松迪亚塔，她知道苏毛罗身上巫术的秘密，还知道如何破解它。

　　松迪亚塔听到这里，激动得将娜娜·特里班紧紧抱住，高兴地说："太好了，我们终于可以将苏毛罗彻底打败了！"

五

　　决战的时刻到了。

　　这是一场注定会载入史册的战争，松迪亚塔和苏毛罗各自率领庞大的军队，混战在一起。迅捷的骑兵，勇猛的步兵，敏捷的弓箭手……所有的兵种都加入了战斗，喊杀声此起彼伏，刀光剑影遮蔽了天日。

　　松迪亚塔像以往一样，一马当先，身先士卒，在敌人阵营

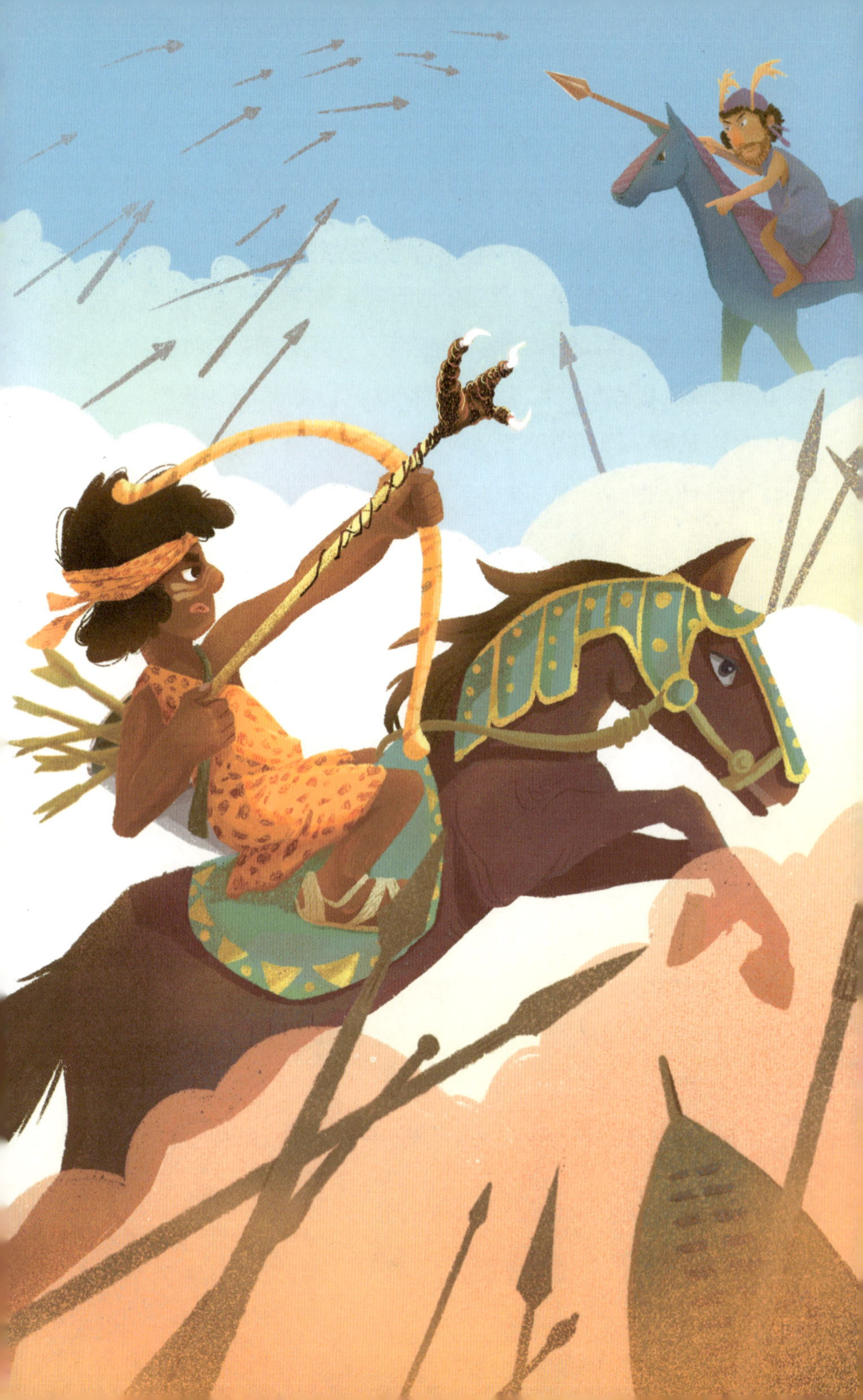

中横冲直撞，犹如战神降临。他一边奋勇杀敌，一边寻找苏毛罗的身影。终于，在混战中，松迪亚塔发现了正在最后方指挥的苏毛罗。按照先前娜娜·特里班的交代，松迪亚塔抽出一支早就备好的木箭，箭头是白鸡的爪子，据说用这支箭射向苏毛罗，便可以破掉他身上的巫术。

松迪亚塔娴熟地把弓拉满，迅速将白鸡爪箭射了出去，正中苏毛罗的肩膀。看上去，这支箭没有锋利的箭头，似乎毫无杀伤力，但碰到苏毛罗的身体之后，他的反应却极为惨烈，就像是被闪电击中一般，惨叫一声险些跌落马下。苏毛罗知道，松迪亚塔已经破了自己的巫术，大势已去。他用力拍打马身，掉头就跑，转眼之间便消失了。

索索国的士兵看到自己的国王已经被打败，顿时纷纷落荒而逃。

松迪亚塔知道，一定要把苏毛罗追到，否则后患无穷。他把后续的战事安排给其他将领，率领一支骑兵沿着苏毛罗逃走的方向追了过去。可是，他们一直追到傍晚，连胯下的战马都累得站不住了，还是没有发现苏毛罗的踪影。从此以后，称霸一时的苏毛罗，便在非洲大地上消失了。

经过这场战争，索索国土崩瓦解，非洲大地上的其他王国钦佩松迪亚塔的英勇和正直，纷纷宣布愿意追随于他。松迪亚塔乘胜追击，把之前效忠苏毛罗的几个国家也全都打败了。

一年之后,松迪亚塔在曼丁王国召开了一次代表大会,把草原上宣誓效忠于他的王国全都召集起来,向他们宣布新的法纪,让他们更好地为百姓服务。松迪亚塔坚持严明的法纪,保护弱小,反对强权。在他的统治下,正义总是能够得到伸张,罪恶总是难逃惩罚。慢慢地,百姓们的生活越来越富足,一个强大的帝国形成了,这便是后来的马里帝国,又称曼丁帝国。

作为曼丁帝国的缔造者,松迪亚塔的英雄故事被非洲大地上的人们代代相传,后人在提到他的时候,都尊称他为"曼丁之狮"。

木匠的好运

从前,在非洲一个叫卡塔戈的地方,生活着一位木匠。木匠没有儿子,只有一个五岁的女儿,名叫哈里玛。哈里玛是一个聪明而可爱的女孩,对周围的事物充满好奇,每天都会问一些千奇百怪的问题。

一天早上,木匠在院子里锯着木料,准备做一些椅子。这时候,哈里玛跑了过来,又开始问她的问题了:"爸爸,我在野外看到一只黑猫,妈妈非说那是一只别人家养的猫,可她又叫不出猫的名字,您说妈妈说的对吗?"

没等木匠回答,哈里玛又问道:"爸爸,舅舅告诉我,每到雨季的时候,大象就会去天上乱跑。它们跑得大汗淋漓,汗水落到地上,就变成了雨。爸爸,您说舅舅说的对吗?"

木匠被哈里玛逗得哈哈大笑,他正准备向女儿解释下雨是怎么回事的时候,哈里玛又提出了一个问题:"爸爸,您真的是我奶奶生的吗?"

接二连三的问题,让木匠完全没办法干活,他摸了摸女儿的头,对她说:"乖女儿,你先去找小伙伴玩吧,爸爸要干活,等我干完活你再来问你的问题吧。"

哈里玛拍着她的小手,说:"好的,爸爸,我就不打扰您啦!"说着,她来到院子门口,正好看见一群孩子在追赶一个矮个子男人,他们一边追一边大声喊着:"小矮子,小矮子!"

哈里玛是一个非常有同情心的孩子,她看到这么多人在捉弄那个矮个子男人,便冲着他喊道:"矮子先生,矮子先生!请过来一下,我爸爸请您过来!"

矮个子男人听到哈里玛的叫声,便朝她走了过来。哈里玛看见他背后背着一只袋子,袋子里装着一个小纸人,她不知道那是什么,吓得连忙跑进院子,躲到了木匠的身后。

矮个子男人来到木匠跟前,向他行了个礼,问道:"先生,您的女儿说您在找我,请问有什么事吗?"

木匠微笑着说:"是我女儿请您来做客的,我倒是没什么事情,就向您表达一下我的问候吧!"说着,木匠走进屋子,端出来一些点心和果子,递给矮个子男人。

矮个子男人向木匠表达了谢意,他看到哈里玛还在好奇地看着自己身后的袋子，便冲她招招手，打开袋子，从里面取出小纸人和一些糖果，送给了她。哈里玛收到这些礼物之后，开心地笑了起来，她礼貌地向矮个子男人鞠了个躬，表达自己的谢意。

从此以后，只要矮个子男人从木匠家门前路过，就会走进来找哈里玛，并送给她一些礼物。有时候，木匠看到了，便会邀请他到屋子里坐一会儿。这时候，哈里玛常常会爬到矮个子男人的腿上，跟他闹着玩，问他一些千奇百怪的问题。无论她的问题有多么天真可笑，他都会耐心地进行解答。

哈里玛问："您的袋子里装的都有什么呀？"

矮个子男人回答道："有糖果、大饼，还有烤肉。"

哈里玛又问："您的妻子呢？"

矮个子男人指了指天上正在飞的一只老鹰，说："她已经飞走啦！"

从此以后，只要哈里玛看到天上飞翔的老鹰，便会大声喊道："矮子先生的妻子回来啦！"

有一次，哈里玛看着一只落在院墙上的老鹰，突然问她的母亲："妈妈，您也会像矮子先生的妻子那样飞走吗？"面对这样的问题，哈里玛的母亲不知道该怎么回答才好。

一天早上，矮个子男人背着一大包东西，又一次来到木匠家。这一次，他没有先去找哈里玛，而是把木匠叫到一边，悄悄对他说:"我要回遥远的家乡了,要是哈里玛以后问到我,您就说我像我的妻子那样飞到天上去了,让她不要伤心。"

木匠感到非常惋惜,他深知这位矮子先生已经是女儿非常要好的玩伴,彼此之间建立了深厚的友谊。木匠走进屋里,取出一件长袍,让哈里玛送给矮子先生。矮个子男人接过长袍,看着眼前这位活泼可爱的女孩,一想到马上就要和她分别了,便觉得有些伤感,泪水在眼睛里打转。

这一次,矮个子男人在木匠家待了整整一天。傍晚时分,木匠让妻子准备了一顿丰盛的晚餐,用来感谢他对女儿的照顾,同时也为他送行。

晚饭过后,矮个子男人让木匠送自己一程。他们走出村子,来到一座大山脚下,在一块大石头前面停了下来。矮个子男人看了木匠一眼,问道:"行善者会交上好运,您这样认为吗?"

木匠说:"是的,我相信好人会有好报。"

"很好,那么就请收下我的报答吧!"矮个子男人看了看一脸疑惑的木匠,继续说,"自从我来到这个村庄,您的女儿一直让我非常感动。她纯洁而善良,像一个天使。您呢,也非常慷慨地招待我,而不像其他人那样以貌取人。对于您一家人对我的极大信任和热情款待,我将永远铭记于心。一个愿意同矮子交朋友的人,上天会保佑您交上好运的。"

矮个子男人说完,在大石头跟前蹲了下来,对着石头下面吹了几口气,地上顿时冒出一股浓烟。浓烟散去后,矮个子男人对着石头大声喊道:"金山,快开门!"

伴随着一阵沉闷的声响,木匠惊讶地看到,大石头缓缓移到一旁,露出来一个巨大而幽深的山洞。山洞里亮着一盏灯,灯光晃动,里面金光闪闪,仔细一看,原来山洞里堆满了金币!木匠顿时震惊得张大了嘴巴,说不出话来。

矮个子男人拍了拍木匠的肩膀,木匠浑身一机灵,像是刚刚从梦境中醒来。矮个子男人说:"这个金库,就是我要送给您的礼物。有一点请务必记住,您每天过来,都只能取走一个金币。请您放心,即便您用一辈子的时间,也取不完这里的金币,因为它们会随时生长出来。等到哈里玛结婚之后,就让她来接替您继续取下去,也算是我留给她的一个礼物。"

木匠听完矮个子男人的话,扑通一声跪倒在地,感激得不知道说什么才好。他惭愧地说:"您的这个礼物太重了,回想起以前,我们对您的招待太不周到了……"

"何必这么客气呢?"矮个子男人把木匠扶起来,一边带着他走进山洞,一边继续叮嘱他道,"无论白天还是晚上,您都可以放心大胆地来取金币,不会有人发现这个秘密。只要您来到这里,蹲在大石头下面,大喊一声:'金山,快开门!'金库就会为您打开。请您放心,这些钱都是干净的,请您不要有任

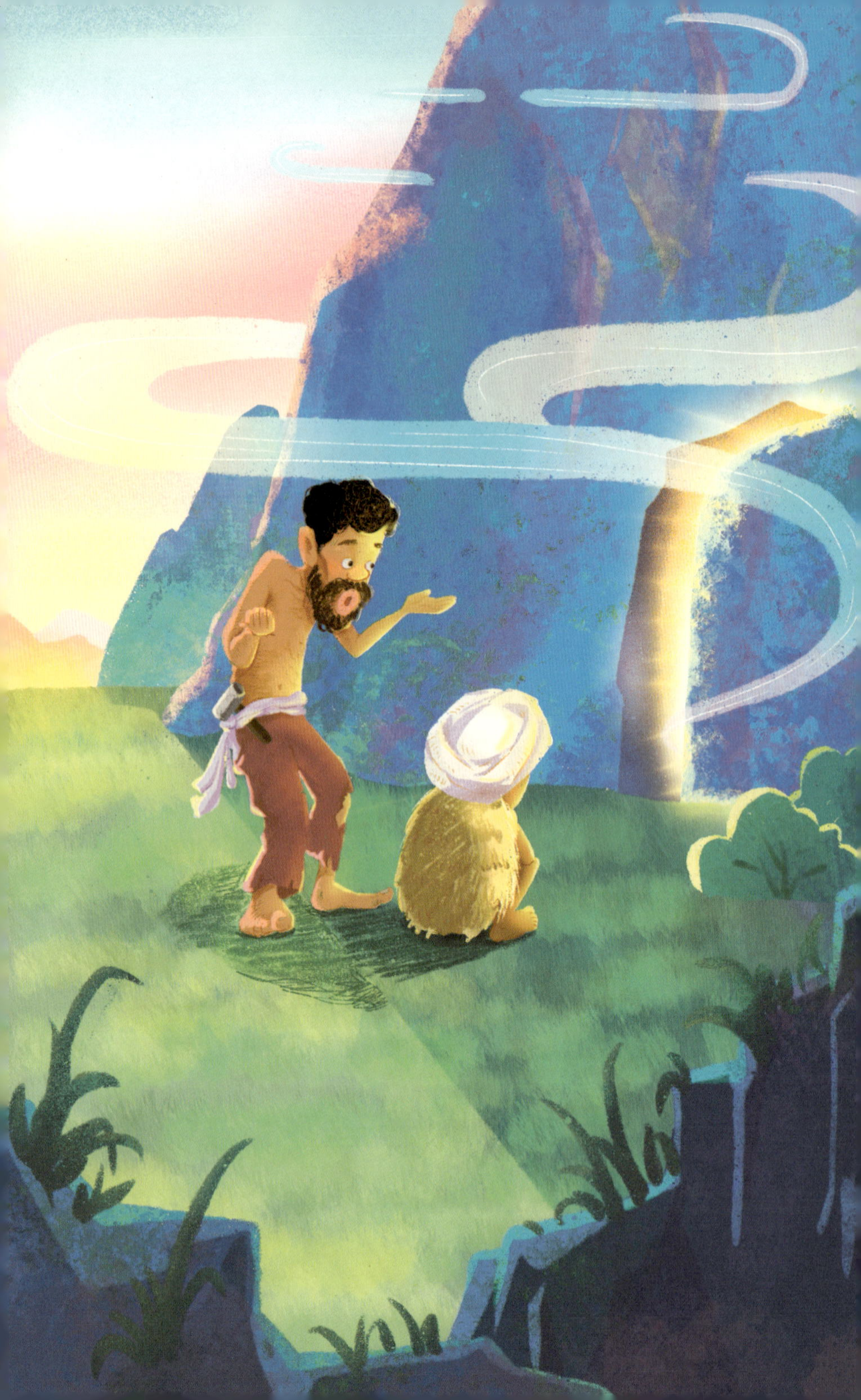

何不安的心理。但需要我再次提醒您的是，您每天只能取走一个金币，请千万记住！"

木匠点点头，表示自己都记住了。

矮个子男人对他说："好了，您今天就可以开始取了。"

木匠弯下腰，从地上捡起一个金币，装到口袋里，然后他们一起走出山洞，矮个子男人对着大石头喊道："金山，快关门！"随着一阵沉闷的声响，大石头回到了原处，再也看不出丝毫的异样。

这时，夜已经深了，矮个子男人对木匠说："我该走了，朋友，我们就此别过吧！"

木匠再次向矮个子男人表示了感谢，随后，两人在夜色中道别。

木匠回到家中，高兴得像个孩子。他拿出口袋里的金币，把刚才梦幻般的遭遇告诉了妻子，两个人都高兴得流下了眼泪。不过，木匠并没有把打开金库的口诀告诉妻子，只有他一个人知道进入金库的方法。

第二天，木匠按照矮个子男人的交代，又一次进入山洞，从金库里取走一个金币。随后的日子，木匠每天都去取一个金币。正所谓，积沙成山，滴水成河。很快，他便积累了不少的财富。七个月之后，他盖起了一座像宫殿一样豪华的房子，足足有十二道门，房子周围有宽敞的院落。木匠也不用继续干活了，他把自己做木工的工具全都卖掉了。

随着财富越来越多，木匠开始大笔大笔地花钱。他先是买了很多土地，又买了大批的牛羊，然后又雇了很多用人。每当他出门的时候，身边总会簇拥着很多人，他穿着昂贵的绫罗绸缎，身上挂满了珠宝饰品，跟人说话也变得趾高气扬起来，看上去就像一个国王。

人们早已忘了他原先的木匠身份，很多人见到他都会尊敬地称他为"主人"。实际上，周围人都觉得奇怪，人们只看到木匠的财富在与日俱增，从未见到他做任何生意，可他就是一天比一天有钱。

只有木匠自己明白，在那块大石头的后面，有一个取之不尽的金库。正是这个金库，让他拥有了现在的生活，让他在众人之中高人一等，就连村长见到他都低声下气。

有一天，木匠坐在高档而精美的椅子上，看着周围的仆人正在忙里忙外地伺候自己，心中暗暗想道："像我这种身份的人，每天都往山洞里跑也不是办法呀！每次只拿回一个金币，实在是太麻烦了！再说，我现在家业这么大，开销那么多，每天一个金币已经不够用了，我得多拿一些才行。虽然矮子先生叮嘱过我不能那样做，可是每天跑那么远的路才取回一个金币，实在有点不值得。这样吧，明天我去取两个金币回来，看看有没有问题。"

于是，第二天傍晚，他独自一人来到山洞，取走了两个金币。然后，他走出山洞，喊了一声："金山，快关门！"大石头像往常一样合上了，一切都跟平时一样，并没有什么不好的事情发生。

木匠一颗悬着的心放了下来，他自嘲地笑了笑，自言自语道："看来是矮子先生在故意吓唬我。我现在一次取了两个金币，还不是一切正常吗？我真是太傻了，把矮子先生的话那么当真。"

之后的一个月，木匠每天都去山洞取两个金币，一直都没有什么异常状况发生。这下他彻底放心了，便又在心里盘算起来："每天去取两个金币还是很辛苦，这个金库的财富本来就是我的，我还要每天晚上跑到荒郊野岭去取，实在是不像话。明天我要带两条口袋过去，把它们装得满满的，这样我就可以两三个月都不用再过去取了。"

第二天傍晚，木匠打定主意，果真带着两条口袋去了山洞。他娴熟地念动口诀，挪开大石头，向洞里的金库走去。他一边望着山洞里在灯光下晃眼的金币，一边盘算着怎么以最快的速度把口袋装满，然后准备再盖一座更大更豪华的房屋，雇更多的用人，过上帝王般的生活……然而，就在他弯下腰，一只手张开口袋，另一只手准备往口袋里装金币的时候，突然传来轰隆一声巨响，仿佛天塌地陷一般，木匠感觉整个世界剧烈地晃动起来,最后眼前一黑,昏了过去。

不知道过了多久,木匠醒了过来,他发现自己正躺在一片荒草地上,手里攥着一条空空的口袋,另一条在脚边。他去周围寻找,藏着金库的山洞再也找不到了,连那座大山都消失了。他的四周只有一片漆黑而荒凉的草地,夜风呜咽着,令人毛骨悚然。木匠无奈地叹了口气,提着两条空荡荡的口袋往家里走去,回想起之前的莽撞,肠子都快悔青了。

尽管没有了金库,木匠奢侈的生活习惯却改不掉了。他那份庞大的家业成了他巨大的负担,每天都有一大堆人伸手找他要钱。为了维持自己的面子,他不得不开始变卖家产。没过多久,支撑不下去的他只好辞退了所有的用人,最后把房子也廉价卖给了别人。在仅仅不到一年的时间里,木匠便卖光了所有的财产,变成了一个彻底的穷光蛋。

不忘过去的人

从前,有三个可怜的兄弟,老大汤可是个跛子,老二祖必是个麻风病人,老三伊拉是个盲人。三个兄弟的父母早就去世了,也没有别的亲人,加上他们每个人都有生理缺陷,生活过得非常艰难。要不是有不少好心人周济他们,恐怕他们早就生活不下去了。

上天看到三兄弟的艰难处境,也对他们充满了同情,便决定给他们施加一些恩惠,改变他们不幸的命运。于是,上天派了一个使者前往人间,去帮助这三个可怜的兄弟。

使者首先找到老大,问道:"先生,你最喜欢的是什么?只要你提出来,上天便会实现你的愿望。"

老大将信将疑地说:"如果你说的是真的,那我当然是想做官了。说实话，我很早就想成为一个大酋长了。"

使者当即答道："没问题，你很快就会成为一个大酋长。"

随后，使者又找到老二，向他问了同样的问题。

老二听完之后，不假思索地说："如果你真能实现我的愿望，那我当然是想治好我的病了。对了，我还想要无数的财富，再也不想过这穷苦的日子了！"

使者微笑着对老二说："没有问题，你的这些愿望都可以实现。"

最后，使者来到老三面前，也向他问了同样的问题。

老三说："如果真能实现我的愿望，那就请让我的眼睛复明吧，我希望拥有一双明亮的眼睛。"

使者问："就这个愿望吗？你不想拥有权力和财富吗？"

老三说："我只想拥有健全的身体，这样就足够了。我相信我可以通过辛勤的劳动来创造幸福，而这是权力和财富都无法相比的。"

使者说："既然你只需要一双明亮的眼睛，这很简单，你的愿望马上就能实现。"

就这样，使者遵照上天的旨意，完成了自己的任务。三个兄弟全都得到了自己想要的东西——老大当上了大酋长，老二拥有了巨额的财富，老三则从一个瞎子变成了正常人。

转眼之间，一年过去了。上天想知道三个兄弟都发生了怎样的变化，便对使者交代了一下，又派他前往了人间。

使者先去找老大，老大汤可此时已经是身居高位的大酋长，他住在一座金碧辉煌的宫殿里，身边围着一大群仆人和卫兵听从调遣。

使者摇身一变，变成了一个衣衫褴褛的跛子，一瘸一拐地来到汤可面前。此时，汤可正躺在自己奢华的宫殿里，两个仆人在给他扇风，另外两个在给他捶背。

使者跪倒在汤可面前，请求道："尊敬的酋长大人，我是您的一个臣民，今晚无处可去，能否在您的宫殿里借宿一晚，明天一早我就离开。"

汤可抬起眼皮，打量了一下眼前的使者，看到他穿得又脏又破，蓬头垢面，便不耐烦地说："哪里来的要饭的，快给我滚开！我这里没有给你住的地方，快从我面前消失！"

使者继续哀求道："请您开开恩吧，就看在您以前也是个跛子的份上，让我留宿一晚吧！"

汤可一听到这句话，顿时火冒三丈，对手下的人命令道："快把这个人给我赶走！用棍棒打出去！我这辈子最讨厌的就是跛子！"

话音刚落，使者突然从汤可面前消失了。与使者一同消失的，还有那座金碧辉煌的宫殿、周围的卫兵和仆人。汤可呢，又变回了一年前的样子，还是一个跛子。

随后，使者又去找老二。老二祖必此时已经是一个大富豪，住在一座深宅大院里，过着挥金如土的生活。

使者变成一个麻风病人，来到祖必面前。祖必正在收拾一些行李和衣服，看样子是想出门旅行。使者向祖必行了个礼，请求道："主人，看在上天的分上，请给我一点旧衣服吧！"

祖必一眼便认出站在自己面前的是一个麻风病人，他顿时大发雷霆："你是怎么进来的？我早就下过令，禁止麻风病人到我家来，难道你不知道吗？"

使者说："主人，您为什么要这样做呢？您可别忘了，您以前跟我一样，也是个麻风病人啊！"

祖必一下子跳了起来，恼羞成怒地大吼道："胡说！谁告诉你我以前跟你一样了？我祖祖辈辈都是有钱人，怎么可能跟你一样？你赶快给我滚出去，我看到你就觉得恶心！"

使者没有再说一句话，默默地走出了祖必的家。当他刚刚踏出院门的时候，祖必的豪宅瞬间不见了，宅子里的家产和财富也全都消失了。祖必又变回一年前的样子，他又成了一个麻风病人。

最后，使者前往了老三家。老三伊拉跟一年前相比，变化并不是很大，还是生活在之前的地方，但他的眼睛已经复明了，可以像正常人一样生活和工作，日子越过越富裕。

使者变成一个盲人来到伊拉家门口，希望能得到一点吃

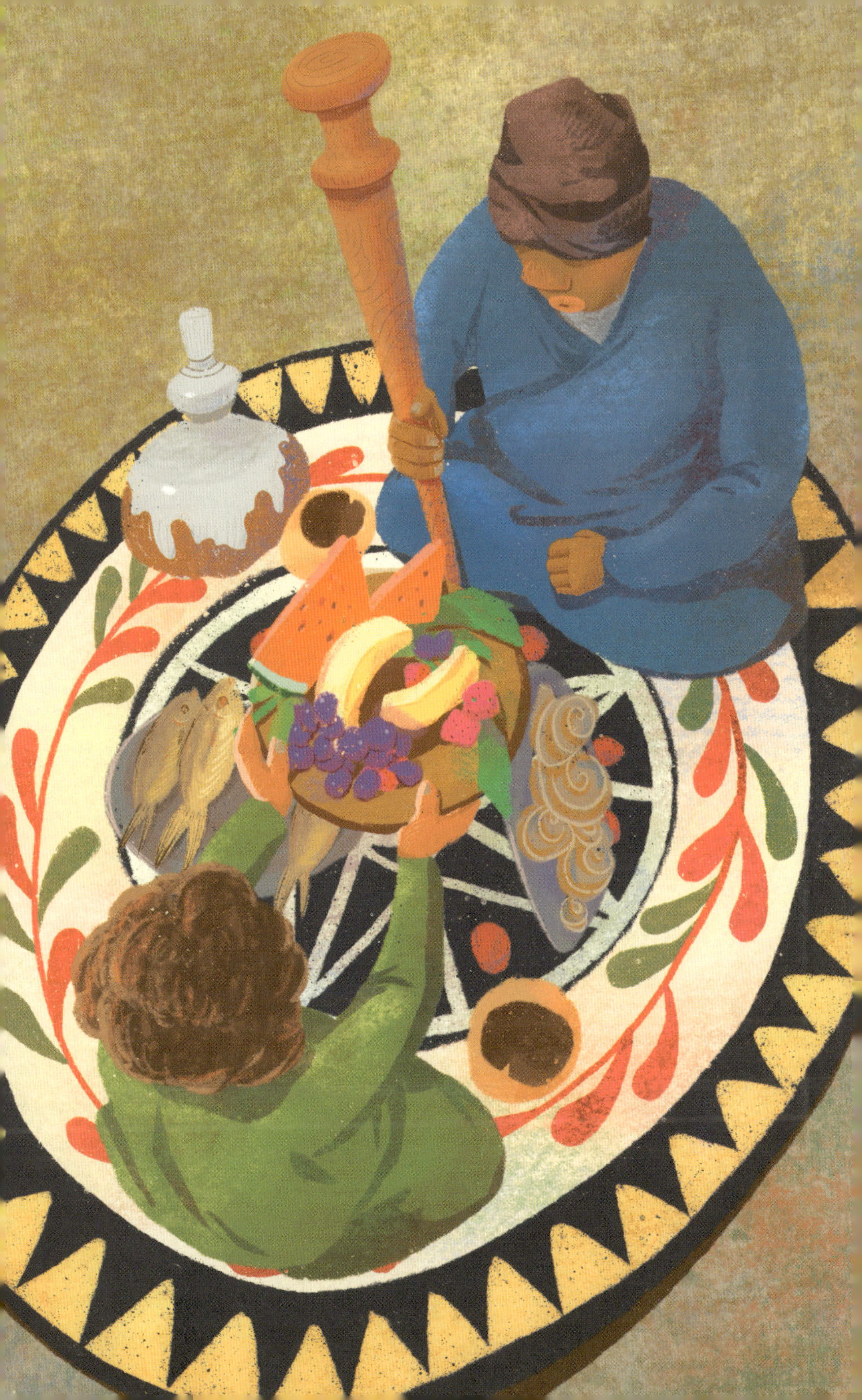

的。伊拉看到来了一位盲人，连忙上前拉着使者的手，把他带到家里，然后拿出丰盛的食物来招待他。等使者吃饱喝足之后，伊拉又拿出一些钱和衣服让他带走。

使者对伊拉问道："我只是一个从这里路过的盲人，您为什么要对我这么好呢？"

伊拉说："我以前也是一个盲人，所以深知您生活的不易。是上天赐给了我光明，我要感谢他的恩德。同时，我也想尽自己最大的努力，去帮助那些需要帮助的人。您以后若遇到什么困难，请随时来找我，我一定会尽力帮助您。"

这时候，使者现出本来的面目，对伊拉说："我并不是盲人，而是上天的使者。一年之前，我遵照上天的旨意来帮助你们兄弟三人。如今，上天又让我来看看你们，是否懂得感恩，是否记得自己的过去。现在看来，只有你是没有忘记过去的人，我要祝福你，在你今后的人生中，你一定会越来越幸福。"

丢失了的妹妹

一

扎拉和米士芭是一对姐妹，在一个村庄里快乐地生活着。

扎拉九岁了，眼睛大大的，但身体很瘦小，没有人觉得她漂亮。可她的姐姐米士芭就不同了，所有见到米士芭的人都会由衷地称赞她的美貌，大家都认为米士芭一定会嫁给一个非常优秀的男人，过上令人羡慕的生活。家里人都为米士芭感到骄傲，扎拉也非常崇拜自己的姐姐，希望自己长大以后也能像姐姐那样漂亮，哪怕只有姐姐一半漂亮也心满意足。姐妹俩感情非常好，几乎形影不离，村子里的人每天都能听到她们的笑声。

这一天，扎拉和米士芭像往常一样，跟村子里的其他女孩一起去运水。大家有说有笑，每个人都非常开心。就在女孩们抱着运水的罐子，在阳光下开心地打闹时，噩梦降临了。一群穷凶极恶的奴隶贩子突然冲了过来，开始强行抓人，把抓到的女孩掳走。一时间，到处都是尖叫和哭喊的声音，等扎拉和米士芭反应过来的时候，她们已经被包围了。

奴隶贩子疯狂地冲过来，用绳子把她们都捆了起来。然后，她们被带到一个陌生的地方，被关在一个小棚子里。外面天色渐渐黑了下来，姐妹俩依偎着不停地哭泣。

"姐姐，我们该怎么办呀？"扎拉呜咽着说，"如果有一天，我们被分开了，我该怎么办呀？"

米士芭从脖子上取下她的护身符，交到扎拉手中，对她说："你把这个保管好，如果我们分开了，我一定会想办法去寻找你。你也一样，一定要想办法来找我。你要保管好这个护身符，就算很多年后，你长大了，样子变了，我也能认出你来。你要记住，无论任何时候，无论以后发生什么，我都不会放弃寻找你，你永远是我的妹妹！"

第二天，扎拉最担心的事情还是发生了。她们被带到奴隶市场出售，由于米士芭容貌美丽，很快便有人买走了她。买下她的是一个老人，外表严肃，打扮得很尊贵。

"你的姐姐运气不错。"旁边的一个被掳的女孩悄悄对扎拉说,"那个老人是为北方的一个国家的酋长买的,如果你姐姐足够幸运,还有可能成为宠妃呢。"

"哦,要是他能把我也买走就好了。"扎拉低声说。

"怎么可能呢,"她旁边的那个人笑道,"人家只要最美丽的女孩!"

扎拉用手捂着脸,一下子哭了起来。倒不是因为旁边那个人的无心伤害,而是她意识到自己跟姐姐已经彻底分开了。以后想要再见,恐怕会很难。

奴隶交易还在继续,扎拉身边一个又一个女孩被买走了。最后,终于有人选中了扎拉,买主也是一个老人,他是一位地毯制造商。这位老人已经买了一大群奴隶,各种年龄的都有,他从不虐待任何人,但要求所有人都必须努力工作。扎拉了解情况之后,觉得自己的命运并没有想象中的那么糟糕。她很努力地投入到工作中,很快便成为一名熟练的编织工人。

二

努力工作的扎拉,很快便得到了主人的赏识。有时候,主人会安排她做一些别的事情,比如去市场交易。

每当有去市场的机会,扎拉都主动要求前去,因为市场上

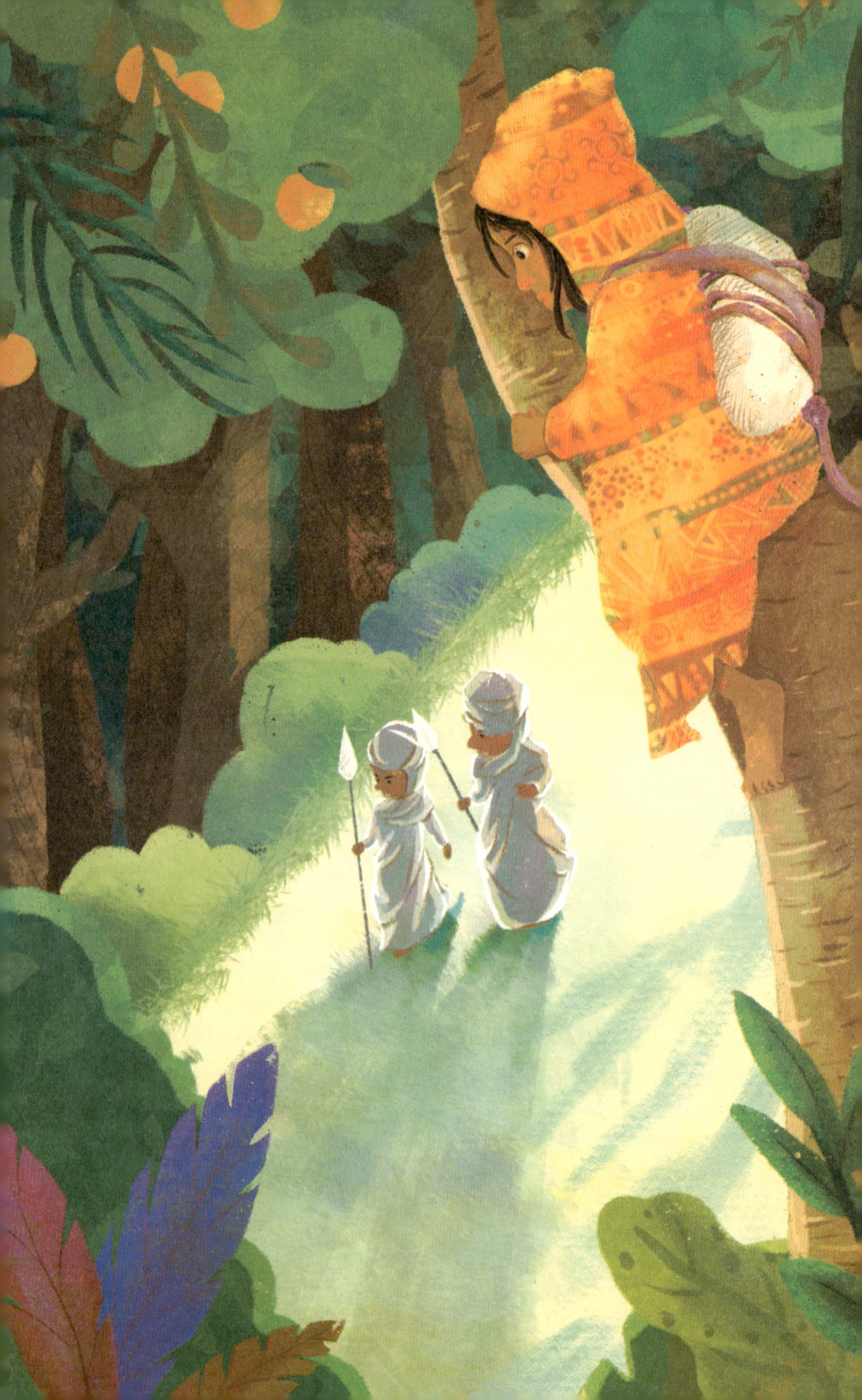

会有各种消息流传,她希望能打听到姐姐的去向。功夫不负有心人,终于有一天,她从一个商人那里打听到了姐姐的行踪。商人告诉她,她的姐姐米士芭被酋长的儿子看上了,成了他的妻子。一个奴隶能够得到这样的宠幸,真的是非常罕见。

扎拉开始想尽办法打听,她姐姐所在的那个北方国家的具体位置,从她这里如何才能赶过去。经过不懈的努力,扎拉在询问了很多人之后,终于搞清楚了具体的路线,算下来,她要花好几个月的时间才能到达那里。

扎拉开始准备自己的出逃计划,没有任何人可以帮助她,她也没有一分钱。接下来的日子,她想办法储藏了一些食物,然后在一个深夜,趁着所有人都熟睡之后,带着一个小包裹偷偷跑了出去。她在黑暗中像一只小鹿一样惊慌地奔跑,生怕有人在后面追赶她。当她一路跑出城镇,来到空旷的郊外时,才稍稍松了口气。

当清晨第一缕阳光照向大地的时候,扎拉已经进入了离城镇很远的丛林里。她害怕白天会遇到别人,便爬上一棵大树,躲在枝叶之间,并强迫自己保持清醒,不能睡过去,否则很有可能会跌落到地面上。

几个小时后,她果然听到有人从小路上向这边走来,他们正在谈论一个逃跑的奴隶。

"她跑不远。我敢打赌,用不了多久,饥饿就会逼着她回来，因为不会有人愿意帮助她。"扎拉听着他们的对话，非常忧愁地看着那包可怜的食物。对于自己漫长的行程来说，这些吃的实在是太少了。不过，她觉得自己可以靠植物的根茎和果实来充饥，要尽量少吃携带的食物。

她一直待到夜幕降临，才从树上下来。判断好方向之后，她在黑暗中向着北方出发了。

一连好多天，扎拉都是昼伏夜出，非常谨慎地向北方走去。她知道，每向前多走一天，她就更安全一些。她必须走得足够远，那里才不会有有关她逃走的传言。

这天晚上，她来到一个大湖边，湖里有不少船只和渔民。她鼓起勇气，找到一个面相和善的船夫，问他能否载她到湖的对岸。

"你是谁？"船夫疑惑地问。

"我要去看我出嫁的姐姐，她就住在湖对岸。"

"你有钱吗？"船夫继续问。

"我没有，但我姐姐有很多钱。"扎拉说，"只要您相信我，我保证以后会给您丰厚的报酬。"

船夫板着脸，没有说话，扎拉连忙继续说："请相信我，我一定会给您报酬。不过，我到对岸之后，可能要过一阵子才能来找您，请您不要担心。"

"哈，你这个孩子还挺实在的。"船夫脸上终于有了表情，

"行，我选择相信你，你上船吧。反正我本来就是要到对岸去的，带上你也没什么损失。"

扎拉喜出望外，一边说着感谢的话，一边跳到船上。第二天早上，船到了湖的对岸，扎拉告别船夫，继续向前走去。

一路上，她都小心翼翼地保存着姐姐留给她的那个护身符。因为自从她们分开，已经过去了三年的时间。扎拉知道，自己已经长高了不少，样貌估计也发生了变化，姐姐恐怕都认不出自己了。连她也不知道自己现在究竟是什么样子，因为在做奴隶期间，她从没有照过镜子。

这天晚上，扎拉来到一个村子，有一户好心人收留了她，还给了她一些食物。她从这户人家那里打听到，要去姐姐所在的那个城镇，还要走上好几个星期的路。扎拉不敢耽搁，第二天一早便出发了。

等她终于接近姐姐所在的城镇时，才发现自己不是花了几个星期，而是几个月。因为她身上既没有钱，也没有食物，只能一边赶路一边谋生。虽然一路艰难，好在她都坚持过来了。现在，她已经来到姐姐所在的地方，只要她进了城，打听到姐姐的住址，姐妹俩就能团聚了。

三

黄昏时分,扎拉来到这座城镇的郊区,碰到了一个热情的裁缝。裁缝看到有个陌生的女孩在路边休息,便走过来跟扎拉打招呼,问她是否需要帮助。扎拉觉得自己又碰到了一个好心人,便把自己要找姐姐的事情告诉了裁缝。

裁缝听完扎拉的话,眼睛里闪出一丝兴奋,对扎拉说:"你真是个了不起的孩子,我非常愿意帮助你。不过,如果你想找到你的姐姐,得给我一些更详细的信息。"

随后,裁缝问了扎拉很多问题,包括她们姐妹俩以前的生活、什么时候分开的、分开之后都经历了什么,事无巨细,全都问了一遍。扎拉觉得自己碰到了一个真心想帮助自己的人,也都如实回答了裁缝的提问。

最后,裁缝对扎拉说:"好了,我可以确定你就是米士芭的妹妹了。你知道吗?你的姐姐现在可是一个身份高贵的人,一般人很难接近她。你现在贸然去找她,肯定连卫兵那一关都过不去。这样吧,你把你的护身符交给我,我能够带到你姐姐面前,亲自交到她手里,这样她就会知道你来找她了。"

扎拉有点犹豫,她知道护身符的重要性。可裁缝说的话好像也很对，如果不把护身符交给他，他就没办法帮自己。考虑再三之后，她决定相信裁缝，把护身符交给了他。

裁缝拿到护身符之后，又交代扎拉道："很好，我明天就去找你姐姐，你先去找个落脚的地方吧。沿着这条街往前走，前面路口有一个铁匠，他们夫妻俩都是好心人，你去找他们留宿的话，他们肯定会收留你。你就在那里等我的消息，可能明天就能见到你的姐姐了。对了，有一点你要记住，千万别再向任何人暴露你的身份，直到我把你的姐姐带过来，否则容易节外生枝。我说的你都记住了吗？"

扎拉感激地点点头，然后按照裁缝所说的向前面的路口走去。那里果然住着一个铁匠，她前去寻求留宿，被铁匠夫妻热情地应允了。

第二天，扎拉在铁匠家焦急地等待，期待着裁缝能够尽快带姐姐来与自己相认。眼看着太阳都快落山了，还是没有任何消息。铁匠夫妇看着扎拉焦急的样子，也不知道她究竟遇到了什么麻烦，因为她还没有将自己的故事告诉他们。

就在这个时候，铁匠的一个邻居来了，同时带来了一个惊人的消息——酋长儿子的妻子一直在寻找的妹妹找到了！据说是一个裁缝先遇到的那个女孩，然后带着她去见了米士芭。

扎拉听到这个消息之后，突然大哭一声，晕倒在地上。

大家都被吓坏了，连忙把她扶到床上。此后，扎拉一连病了很多天，也慢慢了解了事情的真相。

原来，那个狡猾的裁缝欺骗了扎拉，当他拿到护身符之后，便想到自己的侄女跟扎拉年龄相仿、身形也相似，如果让她拿着护身符去见米士芭，一定会被米士芭认作妹妹。这样，他们整个家族就都跟着受益了。于是，他按照这个计划去求见米士芭，米士芭看到裁缝的侄女手中的护身符，又问了她不少问题，裁缝的侄女都对答如流，而这些问题之前裁缝已经问过扎拉了。就这样，狡猾的裁缝成功地骗过了米士芭，将自己的侄女送入了酋长的宫殿，跟米士芭生活在一起。

扎拉是一个聪明而勇敢的女孩，她知道，自己必须勇敢地面对裁缝的阴谋，才有可能揭穿他的骗术。于是，她向好心的铁匠请求，能否帮她找一份王宫里的工作，不管多苦的活都愿意干。恰巧铁匠的一个堂兄在王宫的后厨帮忙，便把扎拉也介绍了过去。

扎拉凭借自己的吃苦耐劳很快在王宫里站住了脚，同时她也在不断地打听米士芭和她那个"妹妹"的消息。据说，那个"妹妹"脾气非常糟糕，对下人非打即骂，还傲慢而贪婪，从米士芭和她的丈夫那里索取了大量的金银珠宝，所有人都非常讨厌她。

四

几个月之后，扎拉离开了后厨，成为一个做针线活的女工。这是她一心谋求的工作，因为这个工作可以经常见到米士芭，有时候还能跟她说说话。

"你知道吗？你很漂亮。"有一天，米士芭突然对她说。

扎拉仿佛受到了惊吓，回答道："我？漂亮？还从来没有人这样说过我呢。"

"但你确实很漂亮呀。"米士芭说，"你多大了？"

"十五岁。"

"跟我妹妹一样大。"米士芭柔声说。一提到妹妹，她的眉头便皱了起来。叹了一口气之后，米士芭离开了。

米士芭确实非常烦恼，因为她的这个"妹妹"太不让她省心了。不仅性格跟小时候判若两人，还挥金如土，对衣服、金钱、珠宝的索取无休无止——当然，米士芭不知道的是，她的"妹妹"索要的钱财，绝大部分都转移走了。据说，米士芭这个"妹妹"的恶名，已经传到很远的地方去了。米士芭的丈夫不堪忍受，决定给"扎拉"寻一门亲事，把"扎拉"嫁出去。米士芭原本不同意，毕竟自己刚刚跟"妹妹"团聚，可她的丈夫已经下定了决心,并向她保证:"放心,我会给你的妹妹找一个好人家,还会给她准备一份丰厚的嫁妆。"米士芭无奈,只好答应。

扎拉听说自己的顶替者即将结婚的消息后,非常焦虑。她知道,这件事情不能再拖下去了,可她又不知道该怎么办,要怎样做才能让米士芭相信自己呢?毕竟,当她站在米士芭面前的时候,她都没有认出自己。

在那个顶替者婚礼的前一天,扎拉去拜访了自己的老朋友——铁匠一家人。当她走进屋子时,惊讶地看到了一个人,这个人就是一年前载她过湖的船夫。他们看到对方之后,都愣住了。

"你怎么在这里?"船夫问。

"她是我们的朋友,一个可怜的孩子。"铁匠的妻子解释道。

"可是,她就是我刚才跟你们说的,我要找的那个人——那个来寻找姐姐,结果不遵守诺言,到现在也没有给我报酬的人!"船夫叫道。

"啊,你都还记得!"扎拉连忙问船夫,"你还记得我脖子上的那个护身符吗?"

"我当然记得。"船夫没好气地说,"你当时给我讲了你的故事。当我最近听到关于你的传言时,我才知道你的身份。我真没想到，你竟是一个如此贪婪而自私的人，当时我居然相信了你！原本我没打算再跟你计较，可现在，我要来找你要回我应得的报酬！"

"你听到的那个人，并不是我。"扎拉说。她知道，是时候跟大家说出事情的真相了。

随后，扎拉把事情的经过全都告诉了铁匠夫妇和船夫。当他们听完整个故事后，既感到震惊，又恍然大悟。

"怪不得，那个裁缝家现在富得流油。"铁匠的妻子说，"我知道他有一个兄弟，他兄弟的女儿跟扎拉年纪相仿，如果我没有猜错，她就是冒名顶替者！"

"关键是，我们不能让他们再继续欺骗下去！"铁匠说，"你必须马上去见你姐姐的丈夫，我们都陪你一起去，给你做证，现在就走！"

五

这时候，王宫里还在紧锣密鼓地准备着第二天的婚礼，到处是一派忙乱的景象。扎拉带着她的三个朋友来到王宫，先把他们藏在一个小屋子里，然后悄悄去见王子。

王子此时刚好独自一人坐在房间里，扎拉鼓起勇气，拜倒在他脚下。

"你是谁?"王子问。

"我有证据证明,那个让你头疼的小姨子是一个骗子!"扎拉冷静地说。

王子听到这句话,惊讶地站了起来。

扎拉开始了她的讲述,把事情的真相都告诉了王子。

"那个船夫,还有铁匠夫妇,他们在哪里?"王子问。

"他们就在外面,您现在就可以召见他们。"

很快,船夫和铁匠夫妇来到王子面前,证实了扎拉所讲的故事。王子认为,这几个人所说的事情很可能是真的。如果是这样,之前那些困扰他的事情也便都能说得通了。他思索了片刻,对扎拉和她的朋友说:"我得想个办法,让假冒者现形。你们先在这里等着,我已经有主意了。"

王子急匆匆地去找他的妻子。此时,米士芭正在安排人张罗妹妹的婚礼。王子走过来把她拉到一边,悄悄对她说:"我想让你去做一件事,你先听我说。你现在就去找你的妹妹,见到她后,你就像往常那样跟她聊天,然后问她还记不记得你们的叔叔的婚礼,当时你穿了一件漂亮的红袍子,而她则穿了一件蓝袍子。"

米士芭迷惑不解地问:"为什么要这样问她?没有发生过这样的事情啊,我们的叔叔在我们出生之前就结婚了。"

"我知道，你先别问那么多，照我说的做就行。我陪你一起去。"王子说。

于是，他们一起来到"扎拉"面前，装作随便来看看的样子。随后，米士芭坐到"扎拉"跟前，开始跟她聊起童年的故事，而"扎拉"早就表现出一副不耐烦的样子了。

"今天准备婚礼的时候，我一下子想起了叔叔的婚礼。"米士芭对"扎拉"说，"叔叔结婚的时候，大家也是兴奋地忙来忙去。我还记得婚礼那天，我穿了一件红色的袍子，你穿了一件蓝色的，我们都开心极了。这些你还记得吗？"

"哦，当然喽。""扎拉"漫不经心地回答。

"你确定记得吗？"米士芭追问道。

"当然记得了，你问这个干吗？""扎拉"回答道。

米士芭震惊地站了起来，眼睛里充满了恐惧，看向自己的丈夫。

"这真是让人惊讶。"王子厉声道，"因为你姐姐刚才问你的事情，根本就没有发生过！你根本就不是她的妹妹，你到底是谁？"

这个时候，假冒的扎拉才知道自己中计了。可是一切都已经晚了，她已经暴露了。在王子的逼问下，她很快交代了一切。随后，王子下令，把那个狡猾的裁缝、裁缝的兄弟抓了过来，连同假冒的扎拉，一起关进了牢房。

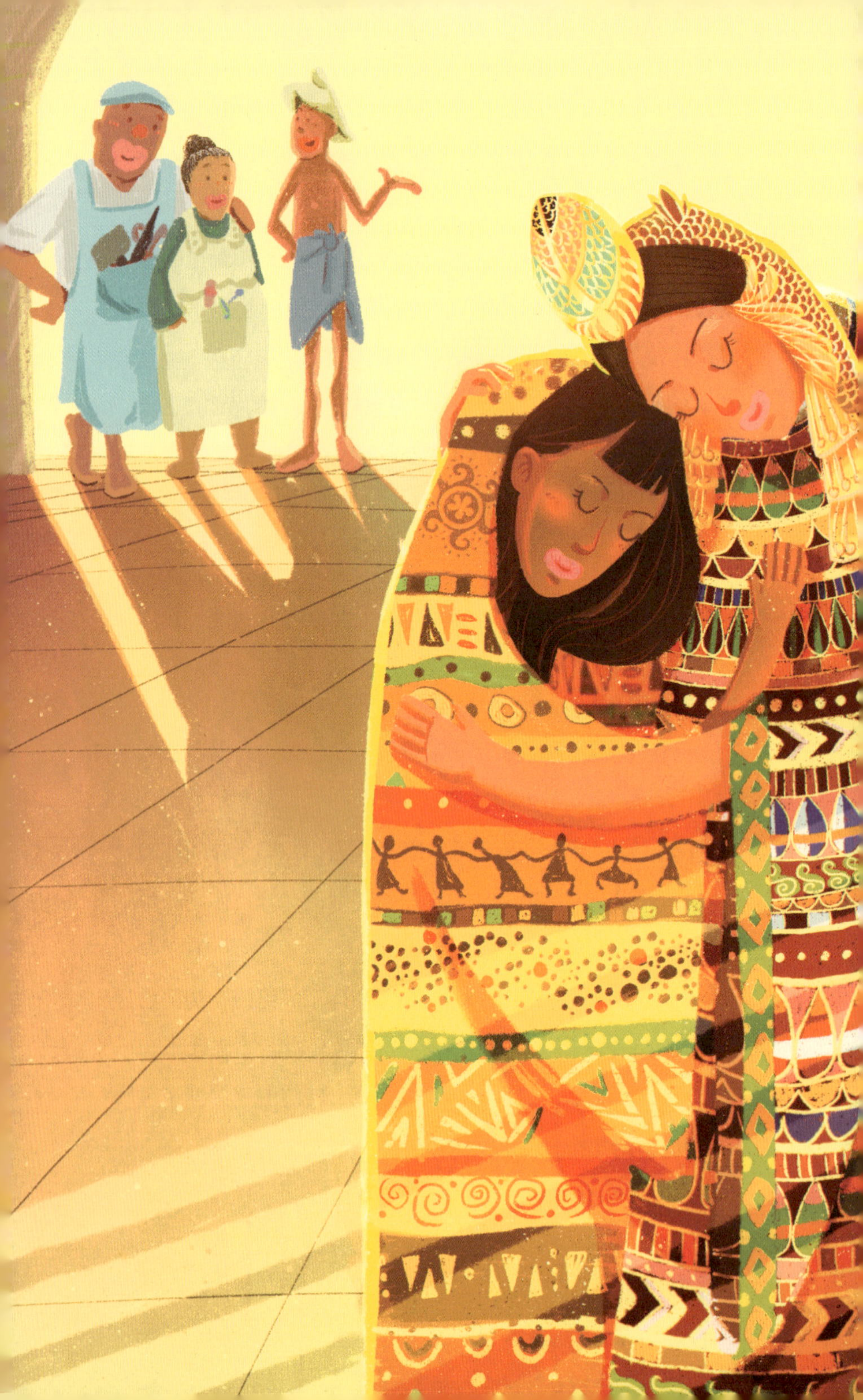

这时候，真正的扎拉和自己的三个朋友还在焦急地等待着。突然，门外传来一阵急促的脚步声，米士芭出现在他们面前，脸上挂满了眼泪。这一对失散多年的姐妹，终于紧紧地拥抱在一起。

第二天，迎亲的队伍赶过来了，但婚礼被取消了。不过，英俊的新郎也不虚此行，因为在王子举办的宴会上，他认识了米士芭真正的妹妹，她的美丽丝毫不逊于她的姐姐，给他留下了美好而深刻的印象。

也正是在这场宴会之前，扎拉被姐姐拉到镜子跟前时，才惊讶地发现，自己真的变漂亮了。原来，她早已经不是从前那个又瘦又小的小女孩了——她已经从一只不起眼的丑小鸭，变成了美丽的白天鹅。

猩猩、蛇、狮子与猎人

很久以前,在一个村庄里生活着一个女人和她的儿子。她的丈夫已经去世了,只留下他们母子俩相依为命,生活非常清苦,常常连肚子都吃不饱。

她的儿子叫姆沃·拉那,已经长成了一个十几岁的少年。这一天,姆沃·拉那突然问自己的母亲:"妈妈,为什么我们总是挨饿呢?我爸爸以前是靠什么来养活我们的呢?"

他的母亲说道:"你爸爸是一个猎人,他会布置陷阱,当有猎物掉到陷阱里的时候,我们就有吃的了。"

"原来是这样呀,我觉得这是一件好玩的事情。"姆沃·拉那说,"我也会布置陷阱,我现在就去试试,看看能不能给我们带来一些吃的。"

说干就干,姆沃·拉那来到森林里,从树上砍下一些树枝,又用椰子的纤维拧了一些绳子,用它们布置了几个陷阱,然后便回去了。

第二天一大早,姆沃·拉那跑过去检查陷阱,发现居然捕获了不少猎物。这些猎物远远超出了他和母亲的需要,他便把多出来的拿到镇上去卖,换回一些粮食和其他生活必需品。

此后一连很多天,姆沃·拉那的好运接连不断,他的陷阱为他带来了源源不断的猎物,他和母亲的生活终于变得好一些了。

然而,一段时间之后,陷阱捕获的猎物开始越来越少。有时候,姆沃·拉那前去查看,结果发现陷阱里什么都没有。

这天早上,姆沃·拉那又一次来到森林里,终于听到陷阱里传来了动静。他已经好几天没有抓到猎物了,看来这次总算有了收获。

打开陷阱之后,姆沃·拉那发现里面困住的是一只猩猩。正当他准备杀掉这只猩猩时,猩猩居然开口说话了,哀求姆沃·拉那道:"猎人的儿子,我是猩猩尼阿尼,请不要杀我,放过我吧,我以后肯定会报答你!今天你救我于暴雨,他日我必救你于烈日!"

姆沃·拉那被猩猩的一番话触动了,便把它从陷阱里救出来放走了。

猩猩尼阿尼爬到一棵树上，转身对姆沃·拉那说道："你是一个善良的人，我一定会报答你的。不过，有一点我想提醒你——千万不要去帮助人类，人类都是邪恶的，你帮助他们，只会害了自己。"

第二天，姆沃·拉那又来查看陷阱，这次陷阱里捉到了一条大蛇。正当他在想办法怎么杀死这条蛇的时候，大蛇也开口说话了，哀求姆沃·拉那道："猎人的儿子，我是大蛇尼奥卡，请不要杀我，放过我吧，我以后肯定会报答你！今天你救我于暴雨，他日我必救你于烈日！"

姆沃·拉那听完大蛇的话，也像上次一样把大蛇放了。大蛇尼奥卡临走的时候，对姆沃·拉那说："你是一个好人，我一定会报答你的。不过，你千万不能轻易相信人类，你的善良很可能会给你带来伤害。"

第三天，姆沃·拉那在陷阱里发现了一只狮子。姆沃·拉那非常害怕，躲在一旁不敢靠近。这时候，狮子说话了，它对姆沃·拉那说："不要怕，我是狮子辛巴，请放我出去吧，我以后会报答你。今天你救我于暴雨，他日我必救你于烈日！"

于是，姆沃·拉那又像前两次那样，把狮子也放走了。狮子辛巴在临走时对他说："猎人的儿子，你真的很善良。以后需要我的时候，我肯定会回报你。不过，你的善意千万不要用在人类身上，因为他们会毫不犹豫地反过来伤害你。"

第四天,姆沃·拉那发现陷阱里又有动静,不过这次困在里面的是一个男人。那个男人被姆沃·拉那救出来之后,对姆沃·拉那千恩万谢,一再保证会永远记得姆沃·拉那的恩情,以后一定会涌泉相报。

虽然一连几天陷阱里都有收获,但是姆沃·拉那并没有获得任何食物。无奈之下,他对母亲说:"妈妈,请给我准备一些干粮吧,我准备带着弓箭去森林里打猎,也许能有一些好运气。"

于是,姆沃·拉那带上母亲给他准备的干粮,背上弓箭,走向森林深处。

他一连走了好几天,什么猎物都没有发现,最后还迷失了方向,连回去的路都找不到。慢慢地,他的干粮也吃完了。情况越来越糟糕,他饿得已经没有力气了,还在一片陌生的森林里钻来钻去,不知道该往哪里去。就在这个时候,他突然听到有人在跟自己说话,便惊讶地抬起头来,看到前面出现了一只猩猩。

姆沃·拉那很快认出了它,正是前几天被困在陷阱里的那只猩猩。

猩猩尼阿尼问道:"猎人的儿子,你这是要去哪里?"

"我也不知道,我迷路了。"

"好吧,我知道了。"尼阿尼说,"别担心,我来帮你。你先在这里休息一下,等我回来,现在是我报答你的时候了。"

不一会儿,尼阿尼回来了,带来很多熟透了的木瓜和香蕉。它把水果递给姆沃·拉那,问道:"你还需要什么吗?想喝点水吗?"随后,不等姆沃·拉那回答,它便拿着装水的葫芦转身走了。等它再次回来的时候,葫芦里装满了清澈的泉水。

姆沃·拉那吃饱喝足之后,决定重新上路,他和猩猩尼阿尼互相道了一句"再见",便动身出发了。

姆沃·拉那又走了很远的路,还是没有找到方向。他又饿了,两条腿也越来越没力气。就在他又累又饿的时候,他遇到了狮子辛巴。辛巴问道:"猎人的儿子,你这是要去哪里?"

姆沃·拉那沮丧地说:"我也不知道,我迷路了。"

"别担心,我来帮你。"辛巴说,"你先在这里休息一下,等我回来,现在是我报答你的时候了。"

没过多久,辛巴回来了,带回来不少它捉到的野味,还带来了火种。姆沃·拉那升起火堆,把野味烤熟吃到肚子里,顿时觉得浑身又充满了力气。他向狮子辛巴道别之后,又上路出发了。

姆沃·拉那又走了很久,终于走出了森林,来到一条通往一座大城市的路上。这时候,他口渴得厉害,刚好看到路边有一口井,井边还有一个水桶。

"今天运气不错,"他对自己说,"我正想喝水,前面就出现了一口井。"

他三步并作两步来到井边,正当他提着水桶准备打水的时候,猛然发现井里有一条身形巨大的蛇。他大吃一惊,连忙后退几步。这时候,蛇从井里爬了出来,对姆沃·拉那说:"猎人的儿子,你不认识我了吗?"

"你……你是谁?"姆沃·拉那的脑袋一瞬间有点蒙。

"我是大蛇尼奥卡,那天你救了我,想起来了吧?"大蛇说,"我曾经对你说过,'今天你救我于暴雨,他日我必救你于烈日'。现在,就让我来报答你吧。既然你要去前面的那座城市,请把你的背包给我,我来给你一些在那里会用到的东西吧!"

姆沃·拉那把背包递给尼奥卡,当尼奥卡还给他的时候,他惊奇地发现,背包里装满了金子和银子。尼奥卡告诉他:"猎人的儿子,这些就是我给你的报答,你可以在需要的时候随意使用。"然后,他们亲切地相互告别,姆沃·拉那向那座大城市走去。

姆沃·拉那进城之后,遇到的第一个人不是别人,正是他从陷阱里救出来的那个男人。男人热情地邀请姆沃·拉那一起回家,说要报答当初的救命之恩,姆沃·拉那高兴地答应了。

男人的妻子给姆沃·拉那准备了丰盛的晚餐,他们把姆沃·拉那灌得酩酊大醉。第二天一早,当姆沃·拉那还在睡梦

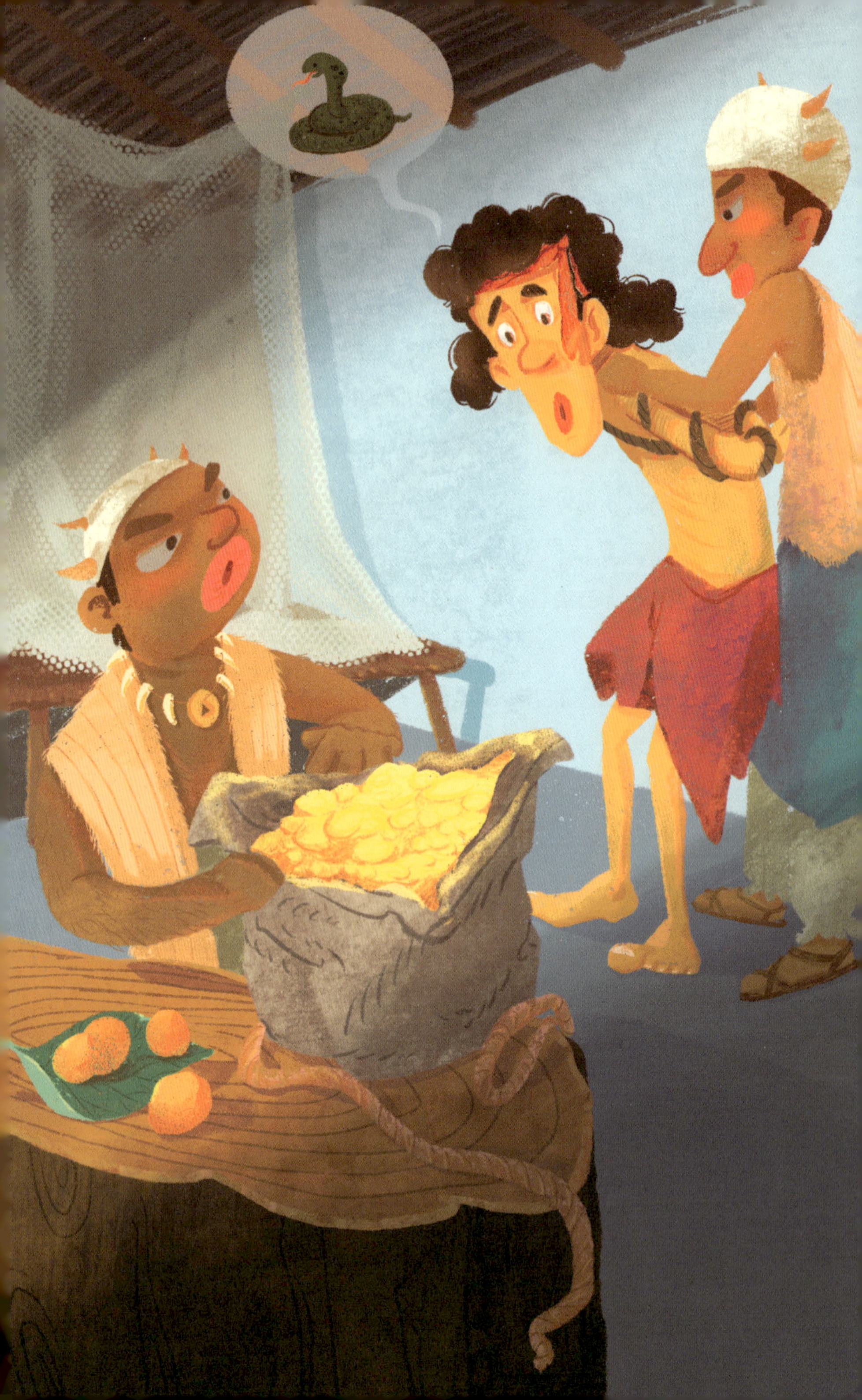

中的时候,男人飞快地跑到城主那里,向他报告道:"我那里来了一个陌生人,他带了满满一背包的金子和银子。他告诉我是从一条蛇那里得到的,我觉得他一定是一个蛇妖,假扮人类想要害人。"

城主听完男人的话,马上派人把姆沃·拉那抓了过来。姆沃·拉那刚刚还在熟睡,突然被人抓来,根本不知道发生了什么。城主打开姆沃·拉那的背包,果然看到里面有大量的金银,他问姆沃·拉那:"这些金子和银子是哪里来的?"

姆沃·拉那如实回答:"是一条蛇送给我的。"

可是所有人都不相信这样的答案。在那个男人的鼓动下,大家都认为姆沃·拉那就是蛇妖,人们要对妖孽进行铲除。

就在这时,大蛇尼奥卡出现了,盘踞在广场的正中央,像一条巨龙昂着头,冲着瑟瑟发抖的人群说:"大家不要相信那个男人的话,他是一个恩将仇报的人!而这位可怜的少年,才是一个地地道道的好人!"说完这句话,尼奥卡便消失了。

经历过刚才的一幕,城主开始向姆沃·拉那详细询问事情的经过,姆沃·拉那把发生在自己身上的一切,全都告诉了大家。这下大家才恍然大悟,纷纷为自己错怪了姆沃·拉那而向他道歉。

姆沃·拉那还向城主转述了猩猩、蛇和狮子曾经告诫他的话,城主听完之后说:"人类中的确有忘恩负义的人,但并不是每个人都这样,只有心肠坏了的人才会这么干,比如说这个家伙。小伙子,你会因你的善良获得大家的褒奖,至于这个以恶报善的人,等待他的将是冷酷的惩罚。"

世界上最长的故事

　　从前，有个国王最喜欢的事情就是听别人讲故事。几十年过去了，他的爱好一直没有改变。每天，除了吃饭和睡觉，国王雷打不动要做的事情就是让别人给自己讲故事。在王宫里，有专门的一批人，每天什么都不做，只负责给国王讲故事。

　　你可以想象，国王已经听了多少个故事！什么神话故事、民间故事、寓言故事、童话故事，几乎无所不有，无所不包。到后来，全世界已经很难找出国王没有听过的故事了。通常情况下，只要有人刚讲个开头，国王就能够马上讲出后面的内容。百姓们看到国王这么痴迷于故事，便私下里给国王起了个绰号——故事国王。

　　这位故事国王最近越来越不开心了。原因是什么呢？当然还是因为故事。他发现，最近越来越难听到新鲜的故事了。那些专门给他讲故事的人，讲出来的故事不仅老套，而且非常短，听起来既没意思又不过瘾。于是，国王突发奇想，决定颁布一道命令，在全国寻找最会讲故事的人——这个人讲的故事必须又新鲜又好笑，而且要足够长，要称得上是世界上最长的故事。但凡有人能做到这些，国王就会给他丰厚的奖赏。

国王的命令很快在全国传开了，百姓们一个个跃跃欲试，都想去挑战一下，赢取国王的奖赏。一时间，人们排着队拥向王宫，都来给国王讲故事。有的人还事先把故事写下来，捧着一大摞厚厚的本子去念给国王听。

这下，一连好长时间国王都有故事听了，而且这些故事的确都很有趣，有很多都是国王没听过的。不过，国王许诺的奖赏一直都没有人能够拿走。因为这些故事虽然确实新鲜又好笑，但都不够长，或者说，没有哪个故事能够让大家公认为是世界上最长的，所以谁也没办法获得国王的奖赏。

一连好几个月，来讲故事的人越来越少。到后来，居然连一个人也没有了。国王的心情越来越糟，每天都很烦躁，饭也吃不下，觉也睡不着，动不动就冲周围的人大发雷霆，弄得王宫上下人心惶惶，生怕一不小心就受到国王的责罚。

又过去了好几天，还是没有来讲故事的人。这天早上，国王从一起床就阴沉着脸，看样子今天他又不会有好心情了。这时候，王宫外面来了一个年轻人，二十来岁，一副乡下人的打扮，骑着一匹骆驼。他把骆驼拴在王宫外面的一棵树上，迈着轻快的步子来到卫兵跟前，请卫兵向国王通报，他可以讲出世界上最长的故事。

卫兵上下打量了一下年轻人，轻蔑地说："就你这样，也能讲出世界上最长的故事？我看你是想拿奖赏想疯了吧！"

年轻人说："我向您保证，我能够讲出世界上最长的故事。请您去通报一声吧，我一定会让国王满意的。"

年轻人苦苦哀求了差不多一顿饭的时间，卫兵才松口道："好吧，要不是最近没人来讲故事，我才不会帮你通报呢。我现在就可以跟你打个赌，如果你能讲出世界上最长的故事，等你出来时，我就跪在你面前！"说完，卫兵慢悠悠地进去了。

过了一会儿，卫兵出来了，他对年轻人说："你可以进去了。不过我提醒你，国王今天的心情很糟糕，你的故事要是让他不满意，很可能会掉脑袋。"

年轻人冲卫兵说了声"谢谢"，便在别人的带领下向王宫里走去。年轻人见到国王之后，规规矩矩地行了个礼，向国王致意。

国王看了年轻人一眼，问道："你叫什么名字？"

年轻人回答："尊敬的陛下，我叫纳比努。"

"你说你能讲出世界上最长的故事？"

"尊敬的陛下,我认为是的。"

国王带着将信将疑的表情,让侍从递给纳比努一张席子。纳比努把席子铺在地上,脱掉鞋子,盘腿坐在上面,开始讲起他的故事:

"传说在很久以前,在法兰西王国里,有一个名叫乌邦巴乌的人。乌邦巴乌是一个饭量非常大的人,据说他可以从早到晚不停地吃,丝毫没有吃饱的感觉。一些有钱人听说后,纷纷前来试探乌邦巴乌的饭量。他们准备了大量的食物,让乌邦巴乌吃。然而,无论多么有钱的富豪,都拿不出足够的食物来让乌邦巴乌吃饱。有几个富豪互相比试,把自己的财产全都拿来给乌邦巴乌买食物,供他不停地吃,结果富豪们一个个倾家荡产,乌邦巴乌还是没有吃饱。就这样,乌邦巴乌惊世骇俗的饭量传遍了全国,人们在茶余饭后谈论的话题全是关于他的。很多人都认为,乌邦巴乌会巫术或者魔法,否则不可能有这么大的饭量。

"很快,法兰西的国王听说了这件事,他不以为然地笑着说:'不管乌邦巴乌到底是会巫术还是会魔法,我身为一国之君,肯定能让他吃饱。如果我做不到,我情愿不再做法兰西王国的国王。'随后,国王派人把乌邦巴乌带到王宫里来,同时给全国各地的一百二十四个地方的官员下命令,让他们每人准备一千份食物,把每份食物装到一个大葫芦里,然后用最快的速度送到王宫里来。

"国王的命令下达之后，整个王国忙活起来。来自全国各地的驼队驮着食物，从四面八方向王宫聚集。装食物的大葫芦密密麻麻地堆积在王宫的空地上，看上去就像一座山。国王看着眼前堆积如山的食物，以及还在不断赶来的浩浩荡荡的运送队伍，得意地想，这下非把乌邦巴乌撑死不可。

"来自一百二十四个地方的队伍全都赶过来了，每个地方一千个葫芦，一共十二万四千个葫芦，把王宫内所有的空地都堆满了。这些葫芦里装着各式各样的饭菜，有的是粥，有的是饼，有的是肉丸，有的是米团，还有用黄油制成的卷饼……谁都没有见过这么多的食物，王宫里的侍从们看着这梦幻般的场景，一个个兴奋得手舞足蹈。乐队也跟着奏起了音乐，大家一起唱起歌来：

乌邦巴乌还在路上，
还在路上呀，先把油烧烫！
一千份米团已准备好，
哪怕吃饱了也往他肚里装！
一千份卷饼也切好啦，
哪怕吃撑了也往他肚里装！
乌邦巴乌还在路上，

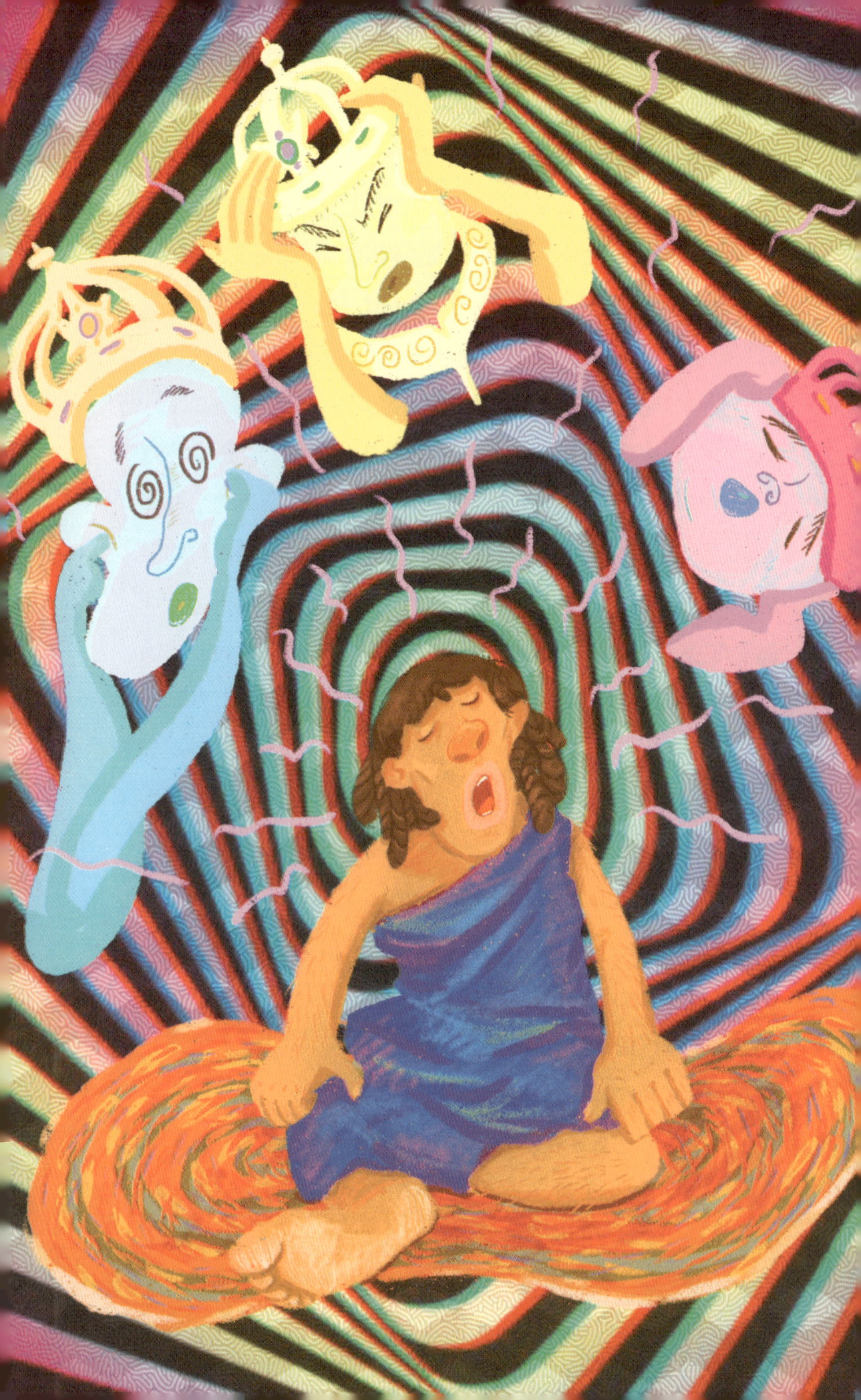

还在路上呀，他到哪儿啦？

浇上油的卷饼又脆又香！

"就在大家热闹地唱着歌的时候，乌邦巴乌终于到了。他来到国王面前，向国王行礼致意，然后站在一旁。国王向乌邦巴乌发出指令，让他开始吃，乐队还在继续演奏着音乐。乌邦巴乌来到堆积如山的食物跟前，先拿起一只水壶，漱了漱口，然后抓起一个葫芦，里面装的是黄油卷饼，他抬起头，对周围的人说：'各位，我要开始吃了。'周围的人都说：'请吃吧，别客气！'乌邦巴乌向众人点头致意之后，便开始大口大口地吃起来。他不停地吃，不停地吃，不停地吃，不停地吃，不停地吃……"

讲到这里，纳比努的故事开始进入一个奇妙的状态，他不断地重复着那句话："不停地吃，不停地吃，不停地吃……"国王听得不耐烦了，便打断他说："好了，我知道他在不停地吃，接下来呢？你继续讲接下来的事情吧，别老是重复那句'不停地吃'了！"

纳比努说："尊敬的陛下，我明白您的意思。不过，既然您希望听到世界上最长的故事，我就不能把这个重要的过程给您省去，因为这是故事不可或缺的部分。如果您想知道故事的结局，就请继续耐心地听下去吧。记录故事的人，也请您不要停下来，拿起笔继续写：他不停地吃，不停地吃，不停地吃，不停地吃……"

就这样，一直到深夜，纳比努还在不断重复着这句话："不停地吃，不停地吃，不停地吃……"

第二天，当纳比努来到国王面前，准备接着给他讲故事的时候，国王说："我不想再听乌邦巴乌吃东西的内容了，你直接讲后面发生的事情吧！"

纳比努说："尊敬的陛下，如果乌邦巴乌不把十二万四千个葫芦里的东西都吃完，我怎么来讲后面发生的事情呢？要知道，乌邦巴乌还没吃到第一百个葫芦呢，还有十二万三千九百多个葫芦呢！"

国王无话可说了，只能继续听下去。纳比努开始继续重复："他不停地吃，不停地吃，不停地吃……"

第三天，纳比努还是跟之前一样，不断地重复着那句"不停地吃"。他一边讲着，一边模仿着吃饭的动作，一副津津有味的样子，表演得惟妙惟肖，不时惹得国王和其他在场的人哈哈大笑。

第四天，当纳比努准备继续讲故事时，国王对他说："乌邦巴乌已经吃了三天了，应该吃完了吧？这个故事开头还挺有趣，但后面一直重复一句话，我觉得你故意想把它拉长。"

这时候，站在一旁的宰相对国王说："陛下，在微臣看来，乌邦巴乌不吃完那些葫芦里的食物，纳比努是不会讲后面的故事的。如果乌邦巴乌一天可以吃掉一百个葫芦里的食物，那么吃光十二万四千个就需要三四年的时间。这样的话，纳比努就要用三四年的时间来重复那句'不停地吃'。这么一来，他的这个故事真的算是世界上最长的了。还有，从纳比努讲这个故事开始，您就被他逗得笑个不停。所以无论从哪一点上来看，纳比努都符合您要奖赏的要求。"

国王听完宰相的话，觉得很有道理，便让人取来大量的金银珠宝，赏赐给纳比努。纳比努把这些金银珠宝装进他事先准备的布袋里，整整装了四个大布袋。他向国王和宰相表示感谢，然后带着自己的奖赏离开了。

当纳比努来到王宫的门口时，当初为难他的那个卫兵便扑通一声跪倒在地，向他表示自己的忏悔和歉意。纳比努不以为然地看了他一眼，从布袋里随手掏出一把金币，扔到卫兵跟前，然后扬长而去。

纳比努把四个布袋放到骆驼的背上，便骑着骆驼离开了王宫。全城的人都听说了他的故事，纷纷跑来为他喝彩、欢呼。纳比努哼着欢快的小曲，向着家乡走去。要知道，国王给他的这些奖赏，足够他一辈子衣食无忧了。他可以像故事里的乌邦巴乌那样，每天不停地吃、不停地吃、不停地吃了……

一把尘土

从前,在一个村子里住着一个腰缠万贯的富人,每天都过着挥霍无度的生活。在他的隔壁,住着一个贫苦的穷人。穷人的生活非常艰难,每天都要去树林里捡柴,然后拿到集市上去卖,或者换取一点食物来勉强度日。

富人闲着没事,便经常在家门口观察那位穷邻居的举动。他看到穷人每天都很辛苦,便决定帮一帮他。

这天早上,太阳刚出来,已经晒得人皮肤发烫。富人看到穷人从自己门前经过,便向他打招呼道:"亲爱的邻居,你这是又要到树林里捡柴去吗?"

穷人回答道:"是的。"

富人说:"你每天真是太辛苦了,我很同情你。这样吧,从现在开始,你每天都来我这里领一笔钱,作为你家的生活开支,就不用再去树林里捡什么柴火了。你看怎么样?"

穷人没有说话,默默地点了点头。

富人高兴地说:"那么,请你告诉我,你一天需要多少钱?我现在就给你。"

"那就麻烦您给我一把尘土吧,这样就足够了。"穷人回答道。

"一把尘土?你确定只要一把尘土吗?"富人有点不敢相信自己的耳朵。

"是的,如果您愿意,给我一把尘土就好。"穷人再次确认。

尽管富人满心的困惑,可他还是尊重穷人的要求,从地上抓起一把尘土,递给了穷人。穷人则像是接到一份十分贵重的礼物一般,伸出双手把尘土捧在手心,向富人表达了诚挚的谢意。然后,他告别富人,继续前往树林,像往常一样开始了自己的工作。

第二天早上,穷人来到富人家门口,又向他要了一把尘土。富人依旧满心疑惑,不过还是遵照穷人的要求给了他。

就这样,一连好几个月过去了,穷人每天都会准时来到富人门前,向他讨要一把尘土。

终于有一天,当穷人又一次出现在富人门前时,富人不耐烦地对他说:"听着,我的朋友,如果你那么想要一把尘土,就自己弯腰去地上捡吧,我不想再为你费这个力气了。说实话,我早就对你不耐烦了。"

穷人听到富人的话,不但没有在意,反而笑了起来。他意味深长地对富人说:"唉,有钱人哪,我只是让你每天给我一把尘土,这么简单的事情就让你厌烦了吗?如果我每天找你要一把硬币的话,结果会是什么样子呢?依我看,还是让我靠自己的双手来养家糊口吧。我额头上的汗珠,并不会因为每天给了我什么,而感到不耐烦的。而且我相信,总会有那么一天,汗水会变成我想要的一切。"